FLEURS DE RUINE

Du même auteur

PATRICK MODIANO

FLEURS DE RUINE

ÉDITIONS DU SEUIL
27, rue Jacob, Paris VIe

IL A ÉTÉ TIRÉ DE CET OUVRAGE
CINQUANTE-CINQ EXEMPLAIRES
SUR PAPIER VERGÉ INGRES DE LANA
DONT CINQUANTE NUMÉROTÉS DE 1 À 50
ET CINQ HORS COMMERCE
NUMÉROTÉS DE H.C. 1 À H.C. 5
LE TOUT CONSTITUANT
L'ÉDITION ORIGINALE.

ISBN : 2-02-012450-5
(ISBN 2-02-013211-7 éd. LUXE)

Pour Zina
Pour Marie
Pour Douglas

Une vieille bavarde
Un postillon gris
Un âne qui regarde
La corde d'un puits
Des lys et des roses
Dans un pot de moutarde
Voilà le chemin
Qui mène à Paris.

LAMARTINE

Ce dimanche soir de novembre, j'étais dans la rue de l'Abbé-de-l'Épée. Je longeais le grand mur de l'Institut des sourds-muets. A gauche se dresse le clocher de l'église Saint-Jacques-du-Haut-Pas. J'avais gardé le souvenir d'un café à l'angle de la rue Saint-Jacques où j'allais après avoir assisté à une séance de cinéma, au Studio des Ursulines.

Sur le trottoir, des feuilles mortes. Ou les pages calcinées d'un vieux dictionnaire Gaffiot. C'est le quartier des écoles et des couvents. Quelques noms surannés me revenaient en mémoire : Estrapade, Contrescarpe, Tournefort, Pot-de-Fer... J'éprouvais de l'appréhension à traverser des endroits où je n'avais pas mis les pieds depuis l'âge de dix-huit ans, quand je fréquentais un lycée de la Montagne-Sainte-Geneviève.

J'avais le sentiment que les lieux étaient restés dans l'état où je les avais laissés au début des années soixante et qu'ils avaient été abandonnés à la même époque, voilà plus de vingt-cinq ans. Rue Gay-Lussac – cette rue silencieuse où l'on avait jadis arraché des pavés et dressé des barricades –, la porte d'un hôtel était murée et la plupart des fenêtres n'avaient plus de vitres. Mais l'enseigne demeurait fixée au mur : Hôtel de l'Avenir. Quel avenir ? Celui, déjà révolu, d'un étudiant des années trente, louant une petite chambre de cet hôtel, à sa sortie de l'École normale supérieure, et le samedi soir y invitant ses anciens camarades. Et l'on faisait le tour du pâté d'immeubles pour voir un film au Studio des Ursulines. Je suis passé devant la grille et la maison blanche aux persiennes, dont le cinéma occupe le rez-de-chaussée. Le hall était allumé. J'aurais pu marcher jusqu'au Val-de-Grâce, dans cette zone paisible où nous nous étions cachés, Jacqueline et moi, pour que le marquis n'ait plus aucune chance de la rencontrer. Nous habitions un hôtel au bout de la rue Pierre-Nicole. Nous vivions avec l'argent qu'avait procuré à Jacqueline la vente de son manteau de fourrure. La rue ensoleillée, le dimanche après-midi. Les troènes de la petite maison de brique, en face du collège

Sévigné. Le lierre recouvrait les balcons de l'hôtel. Le chien dormait dans le couloir de l'entrée.

J'ai rejoint la rue d'Ulm. Elle était déserte. J'avais beau me dire que cela n'avait rien d'insolite un dimanche soir, dans ce quartier studieux et provincial, je me demandais si j'étais encore à Paris. Devant moi, le dôme du Panthéon. J'ai eu peur de me retrouver tout seul, au pied de ce monument funèbre, sous la lune, et je me suis engagé dans la rue Lhomond. Je me suis arrêté devant le collège des Irlandais. Une cloche a sonné huit coups, peut-être celle de la congrégation du Saint-Esprit dont la façade massive s'élevait à ma droite. Quelques pas encore, et j'ai débouché sur la place de l'Estrapade. J'ai cherché le numéro 26 de la rue des Fossés-Saint-Jacques. Un immeuble moderne, là, devant moi. L'ancien immeuble avait sans doute été rasé une vingtaine d'années auparavant.

24 avril 1933. Deux jeunes époux se suicident pour des raisons mystérieuses.

C'est une bien étrange histoire que celle qui s'est déroulée au cours de la nuit dernière dans l'immeuble du 26, rue des Fossés-Saint-Jacques, proche du Panthéon, chez M. et Mme T.

M. Urbain T., jeune ingénieur, sorti premier de l'École de chimie, épousait il y a trois ans

Mlle Gisèle S. âgée de vingt-six ans, son aînée d'un an. Mme T. était une jolie blonde, grande et fine. Quant à son mari, il avait le type du beau garçon brun. Le couple s'était installé en juillet dernier au rez-de-chaussée du 26, rue des Fossés-Saint-Jacques, dans un atelier transformé par eux en studio. Les jeunes époux étaient très unis. Aucun souci ne semblait ternir leur bonheur.

Samedi soir, Urbain T. décida de sortir en compagnie de sa femme pour dîner. Tous deux quittèrent leur domicile vers dix-neuf heures. Ils ne devaient y rentrer que vers deux heures du matin, en compagnie de deux couples de rencontre. Menant un tapage inusité, ils tinrent éveillés leurs voisins peu habitués à de si bruyantes manifestations de la part de locataires ordinairement fort discrets. La fête eut sans doute des péripéties inattendues.

Vers quatre heures du matin, les invités partirent. Au cours de la demi-heure qui s'écoula ensuite dans le silence, deux coups sourds retentirent. A neuf heures, une voisine, sortant de chez elle, passa devant la porte des T. Elle entendit des gémissements. Se rappelant tout à coup les détonations de la nuit, elle s'inquiéta et frappa à la porte. Celle-ci s'ouvrit et Gisèle T. parut. Du sang coulait doucement d'une blessure

apparente sous le sein gauche. Elle murmura :
« Mon mari ! Mon mari ! Mort. » Quelques instants
après, arrivait M. Magnan, commissaire de police.
Gisèle T. gémissait, allongée sur un divan. Dans
la pièce voisine, on découvrit le cadavre de son
mari. Celui-ci tenait encore un revolver dans sa
main crispée. Il s'était suicidé d'une balle en
plein cœur.

A ses côtés, une lettre griffonnée : « Ma femme
s'est tuée. Nous étions ivres. Je me tue. Ne
cherchez pas... »

Il semble, selon l'enquête, qu'Urbain et Gisèle T., après leur dîner, aient échoué dans un bar de Montparnasse. L'autre soir, de la rue des Fossés-Saint-Jacques, j'ai marché jusqu'au carrefour où sont le Dôme et la Rotonde, après avoir laissé derrière moi les jardins obscurs de l'Observatoire. Les T. avaient dû suivre le même chemin que moi, cette nuit de 1933. J'étais surpris de me retrouver dans un lieu que j'avais évité depuis les années soixante. Comme les Ursulines, le quartier du Montparnasse m'a évoqué le château de la Belle au bois dormant. J'avais éprouvé la même impression, à vingt ans, lorsque je logeais pour quelques nuits dans un hôtel de la rue Delambre : Montparnasse m'avait déjà semblé un quartier qui se survivait à lui-même et qui pourrissait doucement, loin de Paris. Quand il pleuvait rue d'Odessa ou rue du Départ, je me sentais dans un port breton, sous le crachin. De la gare, qui n'était pas encore détruite, s'échappaient des bouffées de Brest ou de Lorient. La fête, ici, était finie depuis longtemps. Je me souviens que l'enseigne de l'ancien Jimmy's pendait encore au mur de la rue Huyghens, et qu'il y manquait deux ou trois lettres que le vent du large avait emportées.

C'était la première fois – d'après les journaux d'avril 1933 – que le jeune couple entrait dans un établissement nocturne de Montparnasse. Avaient-ils un peu trop bu au cours du dîner ? Ou bien, tout simplement, voulaient-ils rompre, le temps d'une soirée, le cours tranquille de leur vie ? Un témoin assurait les avoir vus, vers vingt-deux heures, au Café de la Marine, un dancing, 243, boulevard Raspail ; un autre, au cabaret des Isles, rue Vavin, en compagnie de deux femmes. Les policiers montraient leurs photos pour susciter des témoignages qui risquaient d'être sujets à caution car il y avait beaucoup de filles blondes et de garçons bruns, comme Urbain et Gisèle T. Pendant quelques jours, on avait essayé d'identifier les deux couples que les T. avaient emmenés à leur domicile, rue des Fossés-Saint-Jacques, puis l'enquête avait

17

été close. Gisèle T., avant de succomber à ses blessures, avait pu parler, mais ses souvenirs étaient vagues. Oui, ils avaient rencontré, à Montparnasse, deux femmes, deux inconnues dont elle ne savait rien... Et celles-ci les avaient entraînés au Perreux, dans un dancing où deux hommes s'étaient joints à eux. Puis ils étaient allés dans une maison où il y avait un ascenseur rouge.

Ce soir, je marche sur leurs pas dans un quartier maussade que la tour Montparnasse voile de deuil. Pendant la journée, elle cache le soleil et projette son ombre sur le boulevard Edgar-Quinet et les rues avoisinantes. Je laisse derrière moi la Coupole que l'on est en train d'écraser sous une façade de béton. J'ai peine à croire que Montparnasse connut jadis une vie nocturne...

A quelle époque, exactement, ai-je habité cet hôtel de la rue Delambre ? Vers 1965, quand j'ai fait la connaissance de Jacqueline et peu avant mon départ pour Vienne, en Autriche.

La chambre voisine de la mienne était occupée par un homme d'environ trente-cinq ans, un blond que je croisais dans le couloir et avec lequel j'avais fini par lier connaissance. Son nom ? Quelque chose comme Devez ou Duvelz.

Il était toujours vêtu de manière très soignée et portait une décoration à la boutonnière. A plusieurs reprises, il m'avait invité à prendre un verre, tout près de l'hôtel, dans un bar, le Rosebud. Je n'osais pas refuser. Il paraissait enchanté de cet endroit.

– C'est sympathique, ici...

Il parlait d'une voix dentale, celle d'un garçon de bonne famille. Il m'avait confié qu'il était resté plus de trois ans « dans les djebels » et qu'il avait gagné, là-bas, cette décoration. Mais la guerre d'Algérie l'avait écœuré. Il avait eu besoin de beaucoup de temps pour s'en remettre. Il allait prendre incessamment la succession de son père à la tête d'une grosse entreprise de textiles dans le Nord.

Très vite, je m'étais rendu compte qu'il ne me disait pas la vérité : sur cette « entreprise de textiles », il demeurait vague. Et il se contredisait, m'affirmant un jour qu'il était sorti de l'école de Saint-Maixent, juste avant son départ pour l'Algérie, puis, le lendemain, qu'il avait fait toutes ses études en Angleterre. Parfois, son accent dental laissait place à un bagout de camelot.

Il aura fallu que je me promène, ce dimanche soir à Montparnasse, pour que ce Duvelz – ou

Devez – resurgisse brusquement du néant. Un jour, je m'en souviens, nous nous étions croisés rue de Rennes, et il m'avait offert un bock – comme il disait – dans l'un des cafés du morne carrefour Saint-Placide.

Le cabaret des Isles, rue Vavin, où l'on aurait remarqué la présence du couple, occupait le sous-sol des Vikings. L'ambiance scandinave et les boiseries claires des Vikings contrastaient avec ce bal nègre. Il suffisait de descendre l'escalier : des cocktails et des hors-d'œuvre norvégiens du rez-de-chaussée, on était plongé au milieu des danses martiniquaises. Est-ce là que les T. rencontrèrent les deux femmes ? J'ai le sentiment que ce fut au Café de la Marine, boulevard Raspail, vers Denfert-Rochereau. Je me souviens de l'appartement où Duvelz nous avait entraînés, Jacqueline et moi, au début de ce même boulevard Raspail. Cette fois-là, non plus, je n'avais pas osé refuser son invitation. Pendant près d'une semaine, il avait insisté pour que nous venions tous les deux un samedi soir chez une amie à lui qu'il tenait beaucoup à nous présenter.

Elle nous a ouvert la porte et, dans la

demi-pénombre du vestibule, je n'ai pas très bien distingué son visage. Le grand salon où nous sommes entrés m'a frappé par son luxe, qui ne correspondait pas du tout à la petite chambre de Duvelz, rue Delambre. Il était là. Il nous a présentés. J'ai oublié son nom : une brune aux traits réguliers, l'une des joues, à hauteur des pommettes, barrée d'une large cicatrice.

Nous étions assis, Jacqueline et moi, sur le canapé. Duvelz et la femme, sur les fauteuils, en face de nous. Elle devait avoir le même âge que Duvelz : trente-cinq ans. Elle nous considérait avec curiosité.

– Tu ne trouves pas qu'ils sont charmants, tous les deux ? a dit Duvelz de son accent dental.

Elle nous regardait fixement. Elle nous a demandé :

– Vous voulez boire quelque chose ?

Il y avait une gêne entre nous. Elle nous a servi du porto.

Duvelz en a bu une grande gorgée.

– Détendez-vous, a-t-il dit. C'est une vieille amie...

Elle nous a lancé un sourire timide.

– Nous étions même fiancés. Mais elle a dû en épouser un autre...

21

Elle n'a pas sourcillé. Elle demeurait très droite sur le fauteuil, le verre à la main.

– Son mari s'absente souvent... Nous pourrions en profiter pour sortir tous les quatre... Qu'est-ce que vous en dites ?

– Sortir où ? a demandé Jacqueline.

– Où vous voulez... Nous n'avons même pas besoin de sortir.

Il haussait les épaules.

– Nous sommes bien ici... Non ?

Elle se tenait toujours très droite sur son fauteuil. Elle a allumé une cigarette, peut-être pour cacher sa nervosité. Duvelz a avalé, de nouveau, une gorgée de porto. Il a posé son verre sur la table basse. Il s'est levé et a marché vers elle.

– Elle est jolie, non ?

Il passait l'index sur la cicatrice de sa joue. Puis il dégrafait son chemisier et lui caressait les seins. Elle ne bronchait pas.

– Nous avons eu un très grave accident de voiture ensemble dans le temps, a-t-il dit.

Elle lui écarta la main d'un geste brusque. Elle nous sourit de nouveau.

– Vous devez avoir faim...

Elle avait une voix grave et un très léger accent, me semblait-il.

– Tu peux m'aider pour apporter le dîner ici ?
lui a-t-elle dit assez sèchement.

– Bien sûr.

Ils se sont levés, tous les deux.

– C'est un repas froid, a-t-elle dit. Ça vous va ?

– Très bien, a dit Jacqueline.

Il avait pris la femme par l'épaule et l'entraînait
hors du salon. Il a passé sa tête par l'entrebâillement de la porte.

– Vous aimez le champagne ?

Il avait perdu son accent dental.

– Beaucoup, a dit Jacqueline.

– A tout de suite.

Nous sommes restés seuls dans le salon,
quelques minutes, et je fais un effort de mémoire
pour rassembler le plus de détails possible. Les
portes-fenêtres qui donnaient sur le boulevard
étaient entrouvertes à cause de la chaleur. C'était
au 19 du boulevard Raspail. En 1965. Un piano
à queue tout au fond de la pièce. Le canapé et
les deux fauteuils étaient du même cuir noir. La
table basse, en métal argenté. Un nom comme
Devez ou Duvelz. La cicatrice sur la joue. Le
chemisier dégrafé. Une lumière très vive de
projecteur, ou plutôt de torche électrique. Elle
n'éclaire qu'une parcelle d'un décor, un instant
isolé, laissant le reste dans l'ombre, car nous ne

saurions jamais la suite des événements et qui étaient, au juste, ces deux personnes.

Nous nous sommes glissés hors du salon et, sans même refermer la porte, nous avons descendu l'escalier. Tout à l'heure, nous avions pris l'ascenseur, mais il n'était pas rouge, comme celui dont avait parlé Gisèle T.

Le témoignage d'un serveur qui travaillait dans un restaurant-dancing du Perreux figure en première page d'un journal du soir de ce mois d'avril 1933. Le titre de l'article est le suivant :

ON RECHERCHE LES DEUX COUPLES
QUI PASSÈRENT LA NUIT DANS L'APPARTEMENT
DU JEUNE CHIMISTE ET DE SA FEMME

Au commissariat de police du quartier du Val-de-Grâce, bien que toute action judiciaire se trouve éteinte du fait du double suicide, on nous apprend que le jeune couple ne serait pas allé uniquement à Montparnasse mais également sur les bords de la Marne, au Perreux ; et qu'ils avaient entraîné chez eux non pas deux femmes mais deux femmes et deux hommes... Les recherches entreprises pour retrouver ces quatre personnes sont jusqu'ici demeurées sans résultat.

Nous nous sommes rendus au Perreux dans l'espoir de recueillir quelques détails importants sur les minutes qui précédèrent le drame.

Dans un « restaurant-dancing » du quai de l'Artois, on se souvient parfaitement du passage des deux jeunes gens.

« Ils arrivèrent vers dix heures, déclare le garçon qui les servit. Ils étaient seuls, elle très jolie, très blonde, très fine... Ils étaient assis là, sous le balcon. Ont-ils fait connaissance avec ceux qu'ils devaient inviter ? Je ne l'ai pas remarqué. Le samedi soir, à cette saison, il y a beaucoup de monde. Ils ne m'ont pas paru spécialement gais, alors. De toute façon, je me souviens qu'à onze heures et demie ils réglèrent leurs consommations. »

On peut difficilement prendre en compte ce témoignage, car il suppose que les T. seraient venus au Perreux seuls, et de leur propre initiative. Or, tout ce que l'on sait de leur vie dans le quartier calme de la rue des Fossés-Saint-Jacques incite à croire qu'ils ne fréquentaient pas les dancings des bords de Marne, le samedi soir. Non, ce sont bien les deux inconnues, rencontrées à Montparnasse, qui les ont entraînés ce soir-là, au Perreux, comme l'avait indiqué Gisèle T. elle-même. Et l'on se demande pourquoi le serveur a fait une telle déposition : les a-t-il confondus avec d'autres personnes ? Plus vraisemblablement, il a voulu protéger de la curiosité des enquêteurs ceux en compagnie desquels il avait vu les T., deux femmes et deux hommes, sans doute des habitués de l'établissement. Les deux inconnues de Montparnasse connaissaient les deux hommes. Mais où pouvait bien être – se demandait-on dans l'article – la maison à l'ascenseur rouge dont avait parlé Gisèle T. ?

A la sortie du Café de la Marine, les T. et les deux inconnues ont peut-être pris un taxi. Mais aucun chauffeur de taxi, au lendemain du drame, n'a déclaré aux enquêteurs qu'il avait conduit quatre clients au Perreux. Pas un seul, non plus, ne s'est manifesté pour dire qu'il avait ramené des couples du Perreux au 26 de la rue des Fossés-Saint-Jacques, vers deux heures du matin.

En ce temps-là, on allait de Paris à Nogent-sur-Marne et au Perreux par la gare de la Bastille ou par la gare de l'Est. Les trains qui partaient de la Bastille suivaient la ligne dite de Vincennes, jusqu'à Verneuil-L'Étang. J'ai connu encore cette ligne au début des années soixante avant que le Réseau Express Régional ne lui succède, et que la gare de la Bastille ne soit détruite pour laisser place à un Opéra.

La voie courait sur le viaduc de l'avenue Daumesnil dont les arches étaient occupées par des cafés, des dépôts et des commerces. Pourquoi je longe ce viaduc si souvent dans mes rêves ? Voilà ce qu'on découvrait sous ses arches, à l'ombre des platanes de l'avenue :

Laboratoire de l'Armanite
Le Garage des Voûtes
Peyremorte
Corrado Casadei
Le Dispensaire Notre-Dame-de-Lourdes
Dell' Aversano
La Régence, fabrique de meubles
Les Marbres français
Le Café Bosc
Alligator, Ghesquière et Cie
Sava-Autos
Tréfilerie Daumesnil
Le Café Labatie
Chauffage La Radieuse
Testas, métaux non ferreux
Le Café-Tabac Valadier

Un soir d'été, au Café Bosc, juste avant mon départ pour Vienne, les tables étaient disposées sur le trottoir. Je ne pouvais détacher les yeux des lumières de la gare de Lyon, toute proche...

Le train s'arrêtait à la station de Reuilly, puis à celle du Bel-Air. Il quittait Paris par la porte Montempoivre. Il passait devant l'école Braille et faisait halte à la gare de Saint-Mandé, près du lac. Puis c'était Vincennes, et la gare de Nogent-sur-Marne, à la lisière du bois.

De la gare de Nogent, il leur avait fallu remonter à pied toute la Grande-Rue jusqu'au Perreux. A moins que les deux hommes ne soient venus les chercher en voiture.

J'ai plutôt l'impression qu'en sortant du Café de la Marine avec les deux inconnues ils ont descendu les escaliers de la station Raspail, à quelques mètres du café.

Le métro est direct jusqu'à la gare de l'Est. Ils ont pris le train de la ligne de Mulhouse. Quand il quittait Paris en traversant le canal Saint-Denis, on voyait, de haut, les abattoirs de la Villette. Le train s'arrêtait à Pantin. Puis il longeait le canal de l'Ourcq. Noisy-le-Sec, Rosny-sous-Bois. On arrivait à la gare du Perreux. Ils sont descendus sur le quai et le train a continué sa route, par le viaduc qui traverse la Marne. Les deux femmes les ont entraînés, tout près, dans un restaurant-dancing du quai de l'Artois. Ils étaient six, maintenant, avec les deux autres inconnus.

Je me souviens du quai de l'Artois, qui commençait au pied du viaduc. Juste en face, l'île des Loups. Au cours des années mille neuf cent soixante-quatre et mille neuf cent soixante-cinq, j'allais dans cette île : un certain Claude Bernard auquel j'avais vendu une boîte à musique et quelques livres anciens nous avait invités chez lui à plusieurs reprises, mon amie Jacqueline et moi. Il habitait une sorte de chalet, avec des bow-windows et des vérandas. Un après-midi, il nous a photographiés sur l'une des vérandas, car il voulait essayer un nouvel appareil, et au bout d'un instant, il nous a tendu la photo en couleur : c'était la première fois que je voyais une photo Polaroïd.

Ce Claude Bernard avait une quarantaine d'années et se livrait à des activités de brocanteur :

il possédait des entrepôts, un stand au marché aux Puces de Saint-Ouen, et même une librairie de livres d'occasion, avenue de Clichy, là où je l'avais connu. Après le dîner, il nous ramenait à Paris, Jacqueline et moi, dans une Jaguar grise. Quelques années plus tard, j'ai perdu définitivement sa trace. Son stand des Puces et sa librairie de l'avenue de Clichy n'existaient plus. Le numéro de téléphone de sa maison de l'île des Loups « n'était plus attribué à votre correspondant ».

Je pense à lui à cause de l'île des Loups. Dans un des articles consacrés à ce que les journaux avaient appelé « l'orgie tragique », on sous-entend que la police avait identifié l'un des inconnus que le couple T. et les deux femmes auraient rencontrés au restaurant-dancing du quai de l'Artois : il s'agissait d'un habitant du Perreux. Pour moi, il ne pouvait habiter que dans l'île des Loups. Et compte tenu du témoignage suspect du serveur, je me demande si les T. et les deux autres couples sont allés, cette nuit-là, dans le restaurant-dancing du quai de l'Artois. J'ai plutôt le sentiment que l'un des inconnus les a emmenés dans l'île des Loups, car c'était bien là que se trouvait la maison à l'ascenseur rouge.

Aujourd'hui, j'essaie de reconstituer l'état des lieux, mais à l'époque où j'allais voir Claude

Bernard, je n'y aurais jamais songé. Claude Bernard n'habitait pas depuis longtemps ce grand chalet orné de vérandas et de bow-windows. Un kiosque en bois s'élevait au fond du jardin.

Quel avait été le propriétaire précédent ? Un certain Jacques Henley ? La photo d'Henley figure dans les anciens annuaires de cinéma, avec la mention : « Parle anglais, allemand, sans accent. » Un visage très britannique : moustache blonde, yeux très clairs. Son adresse est indiquée : Jacques Henley, « Les Raquettes », Île des Loups, Nogent-sur-Marne (Seine), Tremblay 12.00. Mais au même numéro de téléphone, il est mentionné dans l'annuaire sous le nom de E. J. Dothée. Parmi les autres anciens habitants de l'île que j'ai recensés :

Willame H.   Tremblay 33.44

Magnant L.   Tremblay 22.65

Dothée *alias* Henley et ces deux personnes étaient domiciliés dans la partie de l'île qui dépend de Nogent-sur-Marne, les suivants dans la partie est, celle du Perreux :

Hevelle   Tremblay 11.97

Verchère E.L., Les Heures tranquilles, Île des Loups (mai à octobre).   Tremblay 09.25

Kisseloff P.   Tremblay 09.25

Korsak (de)   Tremblay 27.19

Ryan (Jean E.), La Pergola, Île des Loups, Tremblay 06.69

La Société d'encouragement du sport nautique (Tremblay 00.80) était dans la partie de Nogent-sur-Marne. Je crois que la maison de Claude Bernard se situait, elle, dans la zone est, domaine du Perreux. En somme, l'île des Loups évoquait cette île des Antilles partagée entre deux pays : Haïti et la république Dominicaine, à cette différence près qu'elle n'avait pas gagné son indépendance, puisqu'elle était sous la suzeraineté de Nogent et du Perreux. Le viaduc la traversait, et c'était lui qui marquait la frontière entre les deux zones.

Des bouquets d'arbres, le long de la berge, cachaient la maison de Claude Bernard. Il venait nous chercher en barque, quai de l'Artois. Le jardin à l'abandon était entouré d'une barrière blanche. Au rez-de-chaussée, une pièce très vaste ouverte sur la véranda servait de salon : un canapé, deux fauteuils de cuir, une table basse et une grande cheminée de brique. Claude Bernard était toujours seul dans cette maison et il avait l'air d'y camper. Quand il nous invitait à dîner, il faisait la cuisine lui-même. Il m'avait dit qu'il ne voulait plus habiter Paris et qu'il avait besoin, pour dormir, de l'air de la campagne et de la proximité de l'eau.

Je suppose qu'il ne reste plus aucune trace de campagne au Perreux et dans l'île des Loups. On a sans doute rasé la maison de Claude Bernard. Les arbres et les pontons ont disparu le long de la berge.

Lors de notre première rencontre, dans sa librairie de l'avenue de Clichy, le jour où je lui avais proposé les vingt volumes des œuvres complètes de Balzac – édition Veuve Houssiaux – et où il me les avait achetés pour 3 000 francs, nous avions parlé littérature. Il m'avait confié que son écrivain préféré était Buffon.

Les Buffon reliés de maroquin vert sur la cheminée de brique du salon étaient les seuls livres que j'avais remarqués chez lui. Bien sûr, cette maison de l'île des Loups me semblait étrange et les activités de « brocanteur » de Claude Bernard m'intriguaient un peu. Mais il m'entretenait le plus souvent de cinéma ou de littérature, et c'est pour cela qu'il éprouvait de la sympathie à mon égard.

Je me souviens des boiseries trop lourdes aux murs du salon, des ferronneries, mais surtout de l'ascenseur capitonné de velours rouge – il ne fonctionnait plus – dont Claude Bernard nous avait dit un jour, en riant, que l'ancien propriétaire l'avait fait installer uniquement pour monter à sa chambre, au premier étage.

Cet ascenseur était le seul indice qui demeurait de la nuit d'avril 1933 où les T. avaient échoué au Perreux avec les deux autres couples. Ensuite, ils étaient revenus dans leur quartier sage de la rue des Fossés-Saint-Jacques, mais cela n'avait plus aucune importance. Il était trop tard. Leur destin s'était joué au Perreux et dans la maison de l'île des Loups.

A l'époque, je ne me souciais pas beaucoup des péripéties de ce que les journaux appelèrent « l'orgie tragique », ni du rôle de l'ascenseur de velours rouge que nous avait montré Claude Bernard au fond du salon. L'île des Loups et ses environs n'étaient pour nous qu'une banlieue comme les autres. Sur le chemin que nous suivions de la gare jusqu'au quai de l'Artois, où Claude Bernard nous attendait dans sa barque, je pensais que nous partirions bientôt en voyage grâce à l'argent des Balzac et de la boîte à musique ancienne que je lui avais vendus. D'ici peu, Jacqueline et moi, nous serions loin de la Marne et du Perreux, à Vienne où j'allais avoir vingt ans.

Je veux m'attarder encore sur la Rive gauche, car je suis un enfant de Saint-Germain-des-Prés. J'ai fréquenté l'école communale de la rue du Pont-de-Lodi et les cours de catéchisme de l'abbé Pachaud, rue de l'Abbaye et place Furstenberg. Mais, depuis, j'évite mon ancien village que je ne reconnais plus. Ce soir, le carrefour de l'Odéon me semble aussi triste que le port breton de Montparnasse sous le crachin.

L'un de mes derniers souvenirs de Saint-Germain-des-Prés remonte au lundi 18 janvier 1960. J'avais quatorze ans et demi et je m'étais enfui du collège. J'avais marché jusqu'à la Croix-de-Berny en longeant les hangars de l'aérodrome de Villacoublay. Ensuite, j'avais pris un car jusqu'à la porte d'Orléans. Et le métro. J'étais descendu à Saint-Germain-des-Prés. Au bout de la rue

Bonaparte, j'étais venu échouer dans le café-tabac qui fait le coin de la rue et du quai, Chez Malafosse. Du moins c'était mon père qui l'appelait ainsi. Après le déjeuner, nous nous retrouvions avec ses amis dans son bureau et il me disait :

– Va chercher des partagas chez Malafosse.

Cet après-midi-là, chez Malafosse, un groupe de gens que connaissait ma mère et qui traînait toujours dans le quartier était debout devant le comptoir. Parmi eux, une jolie Danoise aux cheveux blonds et courts et aux yeux pervenche. Elle employait des mots d'argot qui contrastaient avec son accent doux et enfantin. Un argot souvent suranné. Quand elle m'a vu entrer, elle m'a dit :

– Qu'est-ce que tu fous là, mon petit vieux ?

Je leur ai avoué ma fugue. Ils gardaient un silence embarrassé. J'étais sur le point de fondre en larmes. Tout à coup, elle a dit, avec son accent danois :

– Qu'est-ce que ça peut foutre, mon petit vieux ?

Puis elle a frappé du plat de la main sur le comptoir :

– Un whisky pour le petit vieux...

Je revois les joueurs de billard au premier étage du Café de Cluny. Je me trouvais là, un samedi après-midi de janvier, le jour des funérailles de Churchill. C'est en 1966 que l'on a refait tous les cafés de la place et du boulevard Saint-Michel, puis quelques-uns se sont transformés ces dernières années en MacDonald's, comme le Mahieu, où se réunissaient les joueurs de PMU et où l'on entendait le grésillement de la machine qui inscrivait le résultat des courses.

Jusqu'à la fin des années soixante, ce quartier était resté identique à lui-même. Les événements de Mai 68 dont il fut le théâtre n'ont laissé que des images d'actualités en noir et blanc, qui paraissent, avec un quart de siècle de recul, presque aussi lointaines que celles filmées pendant la Libération de Paris.

40

Le boulevard Saint-Michel est noyé, ce dimanche soir, dans une brume de décembre, et l'image d'une rue me revient en mémoire, l'une des rares du quartier Latin – la seule, je crois, qui figure souvent dans mes rêves. J'ai fini par la reconnaître. Elle descend en pente douce vers le boulevard, et la contagion du rêve sur la réalité fait que la rue Cujas demeurera toujours pour moi figée dans la lumière du début des années soixante, une lumière tendre et limpide que j'associe à deux films de cette époque : *Lola* et *Adieu Philippine*.

Il existait vers le bas de la rue, au rez-de-chaussée d'un hôtel, une salle de cinéma, le Studio Cujas. Un après-midi de juillet, j'étais entré dans la fraîcheur et l'obscurité de cette salle, par désœuvrement, et j'étais l'unique spectateur.

Un peu plus haut, sur la Montagne-Sainte-Geneviève, je retrouvais une amie qui tournait dans les films de la Nouvelle Vague – comme on disait alors.

J'ai pensé à elle, hier après-midi, en croisant devant les grilles du Luxembourg un homme vêtu d'un pull-over de shetland usé, et dont les cheveux bruns et le nez en bec d'aigle me rappelaient quelqu'un. Mais oui, je le rencontrais souvent dans le café où cette amie me donnait rendez-vous. Un certain François, surnommé « le Philosophe », sans doute parce qu'il était professeur de philosophie dans un cours privé.

Lui, il ne m'a pas reconnu. Il tenait un livre à la main et il avait l'allure d'un vieil étudiant. Le hasard me faisait revenir dans ce quartier, après un quart de siècle, et j'étais en présence de cet homme inchangé, fidèle pour toujours aux années soixante. J'aurais pu lui adresser la parole, mais le temps qui s'était écoulé depuis nos dernières rencontres me l'avait rendu inaccessible, comme quelqu'un que j'aurais laissé sur la plage d'une île lointaine. Moi, j'avais gagné le large.

Je l'ai revu aujourd'hui, de l'autre côté des

jardins, en compagnie d'une jeune fille blonde. Il est resté un moment à lui parler devant la bouche du RER qui remplace l'ancienne gare du Luxembourg. Puis elle a descendu les marches et elle l'a laissé seul.

Il avançait d'un pas rapide sur le trottoir du boulevard Saint-Michel en direction de Port-Royal. Il tenait toujours son livre à la main. J'ai essayé de le suivre, les yeux fixés sur son pull-over de shetland dont la tache verdâtre a fini par se perdre à la hauteur de la rue de l'Abbé-de-l'Épée.

J'ai traversé les jardins. Était-ce la rencontre de ce fantôme ? Les allées du Luxembourg où je n'avais pas marché depuis une éternité ? Dans la lumière de fin d'après-midi, il m'a semblé que les années se confondaient et que le temps devenait transparent. Un jour, j'avais accompagné cette amie qui faisait du cinéma, dans sa voiture décapotable, de la Montagne-Sainte-Geneviève jusqu'aux studios de Saint-Maurice. Nous suivions les quais à la sortie de Paris et les platanes formaient une voûte de feuillage. C'était un printemps de 1963 ou de 1964.

La neige qui se transforme en boue sur les trottoirs, les grilles des thermes de Cluny devant lesquelles se dressaient des étalages de marchands à la sauvette, les arbres dénudés, toutes ces tonalités grises et noires dont je garde le souvenir me font penser à Violette Nozière. Elle donnait ses rendez-vous dans un hôtel de la rue Victor-Cousin, près de la Sorbonne, et au Palais du Café, boulevard Saint-Michel.

Violette était une brune au teint pâle que les journaux de l'époque comparaient à une fleur vénéneuse et qu'ils appelaient « la fille aux poisons ». Elle liait connaissance au Palais du Café avec de faux étudiants aux vestons trop cintrés et aux lunettes d'écaille. Elle leur faisait croire qu'elle attendait un héritage et leur promettait monts et merveilles : des voyages, des Bugatti...

44

Sans doute avait-elle croisé, sur le boulevard, le couple T. qui venait de s'installer dans le petit appartement de la rue des Fossés-Saint-Jacques.

Un peu plus bas que le Palais du Café, sur le trottoir opposé, une fille de vingt ans, Sylviane, disputait des parties de billard au premier étage du Cluny. Elle n'était pas brune et pâle comme Violette, mais auburn, et de ce teint que l'on pourrait appeler : irlandais. Elle ne resterait pas longtemps dans la grisaille du quartier Latin. Bientôt, on la verrait faubourg Montmartre, au Fantasio, et au billard du boulevard des Capucines. Puis elle fréquenterait le Cercle Haussmann, rue de la Michodière, où elle rencontrerait des protecteurs. Les cadeaux, les bijoux, la vie facile, les manèges de Neuilly... Au début de l'Occupation, elle épouserait un soupirant sans fortune mais qui portait un titre de marquis d'Empire... Elle ferait de longs séjours en zone libre, sur la Côte d'Azur, et le président de la Société des Bains de Mer de Monaco compterait parmi ses admirateurs. Son retour en zone occupée... La rencontre d'un certain Eddy Pagnon dans de drôles de circonstances... Mais, en ce printemps de 1933, elle habitait encore chez sa mère, à Chelles, en Seine-et-Marne, et elle venait à Paris par le train de la ligne de Meaux qui la déposait gare de l'Est. Selon un témoignage recueilli par les enquêteurs, l'une des deux femmes qui entraînèrent le couple T. au Perreux avait une chevelure auburn et elle ne paraissait pas plus de vingt ans. Elle habitait la banlieue Est. Mais s'appelait-elle Sylviane ?

On la retrouve onze ans plus tard, au printemps de 1944, dans une chambre d'un petit hôtel du quai d'Austerlitz. Elle y attend cet Eddy Pagnon qui, depuis le mois de mai, transporte des vins en fraude, de Bordeaux à Paris.

Les soirs où il doit faire le trajet Paris-Bordeaux, il arrête le camion en face de l'hôtel, sur le trottoir du quai, à l'ombre des deux rangées de platanes. Il vient la rejoindre dans la chambre. Bientôt ce sera le black-out. Le grondement lointain du métro sur le pont de Bercy trouble de temps en temps le silence. Par la fenêtre du couloir qui mène à la chambre, on distingue encore, dans le crépuscule, les voies ferrées de la gare d'Austerlitz, mais elles sont désertes et l'on se demande si cette gare n'a pas été abandonnée.

Ils dînent en bas, dans le café. La porte et les

fenêtres ont les rideaux tirés à cause du couvre-
feu. Ils sont les seuls clients. On leur sert un
repas de marché noir et le propriétaire de l'hôtel,
qui téléphonait derrière le comptoir, vient s'asseoir à leur table. Pagnon effectue les transports
de Bordeaux à Paris pour le compte de cet
homme qui possède un entrepôt, à proximité,
quai Saint-Bernard, à la Halle aux vins. Après le
dîner, le propriétaire de l'hôtel fait quelques
dernières recommandations à Pagnon. Elle l'ac-
compagne jusqu'au camion, quai d'Austerlitz. Le
moteur ronfle un long moment, puis le camion
disparaît dans l'obscurité. Alors, elle retourne à
l'hôtel et s'allonge sur le lit défait. Un lit aux
barreaux de cuivre. Des murs recouverts d'un
vieux papier peint à fleurs roses. Une suspension.
Elle a connu des chambres d'hôtel de ce genre,
quand elle était toute jeune, et qu'elle ne rentrait
pas à Chelles dormir dans le minuscule pavillon
de sa mère.

Elle l'attendra jusqu'à demain soir. Il conduira
le camion à l'entrepôt de la Halle aux vins pour
qu'on décharge la cargaison et il fera le chemin
à pied du quai Saint-Bernard à l'hôtel. Dans cette
chambre miteuse, elle retrouve le décor de ses
vingt ans. Et moi, un souvenir d'enfance me
revient : le gros Lucien P. affalé sur l'un des

fauteuils de cuir du bureau de mon père. Je les avais entendus parler un jour de cette Sylviane à la chevelure auburn. Était-ce le gros Lucien qui l'avait présentée à mon père ? Ou l'inverse ? D'après une confidence qu'il m'avait faite, mon père fréquentait aussi le quartier Latin, au début des années trente, à la même époque et au même âge que Violette Nozière et que Sylviane ; et peut-être avait-il connu celle-ci au billard du Café de Cluny.

Un peu plus loin que le quai d'Austerlitz, vers le pont de Bercy, les Magasins généraux de Paris existent-ils encore ? L'hiver de 1943, mon père avait été interné dans cette annexe du camp de Drancy. Un soir, quelqu'un est venu le libérer : Eddy Pagnon qui faisait alors partie de ce qu'on a nommé plus tard la bande de la rue Lauriston ? Trop de coïncidences me le laissent croire : Sylviane, le gros Lucien... J'ai tenté de découvrir le garage où Pagnon travaillait avant-guerre et, parmi les nouvelles bribes de renseignements que je viens de rassembler sur lui, il y a ceci : arrêté en novembre 1941 par les Allemands pour les avoir doublés dans une affaire de marché noir d'imperméables. Détenu à la Santé. Libéré par Chamberlin *alias* « Henri ». Entre à son service, rue Lauriston. Quitte la bande de la rue Lauriston trois mois avant la Libération. Se retire à Barbizon avec sa maîtresse, la marquise d'A. Il était possesseur d'un cheval de course et d'une auto. SE TROUVE UNE PLACE DE CHAUFFEUR SUR UN CAMION POUR LE TRANSPORT DE VINS DE BORDEAUX À PARIS.

A la sortie des Magasins généraux, je me demande quel chemin a suivi mon père dans le black-out. Il devait se sentir abasourdi d'avoir la vie sauve.

De tous les quartiers de la Rive gauche, cette zone qui s'étend du pont de Bercy jusqu'aux grilles du Jardin des Plantes reste pour moi la plus ténébreuse. On arrive de nuit gare d'Austerlitz. Et la nuit, par ici, a une odeur de vin et de charbon. Je laisse la gare derrière moi et ces masses sombres, le long de la Seine, que l'on appelait les « Magasins du port d'Austerlitz ». Les phares de la voiture ou la torche électrique que l'on tient à la main éclairent quelques mètres du quai Saint-Bernard, devant soi. A l'odeur de vin et de charbon se mêle maintenant celle des feuillages du Jardin des Plantes et j'entends le cri d'un paon et les rugissements du jaguar et du tigre. Les platanes et le silence de la Halle aux vins. Une fraîcheur de cave m'enveloppe. On roule un tonneau quelque part, et ce bruit funèbre s'éloigne peu à peu. Il paraît que l'on a construit à la place de la Halle aux vins de grands bâtiments de béton, mais j'ai beau écarquiller les yeux dans le noir, je ne les vois pas.

Pour atteindre le sud, il fallait suivre des tunnels : Tombe-Issoire, Glacière, rue de la Santé, qu'éclairait de temps en temps une ampoule bleue. Et l'on débouchait sur les avenues et les prairies ensoleillées de Montsouris.

La porte d'Italie marquait la frontière est du pays. Le boulevard Kellermann menait vers l'ouest, jusqu'à la poterne des Peupliers. A droite, les ateliers de la SNECMA avaient l'aspect d'un gros cargo échoué en bordure du boulevard, surtout les nuits où la lune se reflétait sur les vitrages. Un peu plus loin, à gauche, le stade Charlety. La mauvaise herbe poussait à travers les fentes du béton.

Je suis venu dans ce quartier pour la première fois un dimanche, à cause d'un ami qui m'avait entraîné au stade Charlety. Il avait obtenu, malgré ses dix-sept ans, un petit emploi dans un journal sportif. On lui avait demandé d'assister à une épreuve de course à pied et il voulait que je l'aide à rédiger le compte rendu de celle-ci.

Nous n'étions pas très nombreux sur les gradins. Je me souviens du nom d'un coureur : PIQUEMAL. Nous lui avions posé quelques questions à la fin des épreuves pour étoffer l'article. Vers cinq heures, nous avions attendu l'autobus 21 qui ne venait pas. Nous avions alors décidé de nous diriger à pied vers le centre de Paris. Les rues étaient vides, sous le soleil. Je pourrais retrouver la date exacte de ce jour-là : au premier marchand de journaux que nous avions croisé sur notre chemin – non pas un kiosque, mais l'un de ces stands de toile verte que l'on dresse les dimanches – j'ai vu la photo et le titre en gros caractères qui annonçaient la mort de Marilyn Monroe.

Après Charlety, la Cité universitaire, et à droite le parc Montsouris. Au début de la rue qui longeait le parc, dans un immeuble aux grandes baies vitrées, avait habité l'aviateur Jean Mermoz.

L'ombre de Mermoz et la SNECMA – une usine de moteurs d'avion – ont lié dans mon esprit le quartier à l'aéroport d'Orly, tout proche, et aux pistes d'atterrissage de Villacoublay, de Buc et de Toussus-le-Noble.

Des restaurants presque campagnards. En face de l'immeuble où revenait Mermoz entre deux vols de l'Aéropostale, le Chalet du Lac. Sa terrasse s'ouvrait sur le parc Montsouris. Et, plus bas, au coin de l'avenue Reille, une petite maison au jardin semé de graviers. L'été, l'on y disposait des tables et l'on dînait sous une tonnelle.

Pour moi, avec le recul des années, tout ce quartier s'est doucement détaché de Paris. Dans l'un des deux cafés du bout de la rue de l'Amiral-Mouchez, à la hauteur du stade Charléty, un juke-box diffusait des chansons italiennes. La patronne était une brune au profil romain. La lumière d'été baigne le boulevard Kellermann et le boulevard Jourdan déserts, à midi. Les ombres sur les trottoirs et les façades ocre des immeubles qui cachent des lambeaux de campagne, je les revois dans mes rêves, et ils appartiennent désormais à la banlieue de Rome. Je marche le long du parc Montsouris. Les feuillages me protègent du soleil. Là-bas, c'est la station de métro Cité-Universitaire. Je rentrerai dans la fraîcheur de la petite gare. Des trains s'arrêtent à intervalles réguliers et nous emmènent vers les plages d'Ostie.

Jacqueline avait loué une chambre dans l'un de ces groupes d'immeubles du boulevard Kellermann, construits avant la guerre sur l'emplacement des fortifications. Grâce à de fausses cartes d'étudiants, nous pouvions prendre nos repas – pour 5 francs – au restaurant de la Cité universitaire : il occupait le grand hall lambrissé d'un bâtiment qui évoquait les hôtels de Saint-Moritz ou de Cimiez.

Il nous est souvent arrivé de rester des journées et des nuits sur les pelouses ou dans les halls des différents pavillons. Il y avait même un cinéma et une salle de théâtre à l'intérieur de la Cité.

Un endroit de villégiature, ou l'une de ces concessions internationales comme il en existait à Shanghai. Cette zone neutre, à la lisière de

Paris, assurait à ses résidents l'immunité diplomatique. Quand nous en franchissions la frontière – avec nos fausses cartes d'identité –, nous étions à l'abri de tout.

J'ai connu Pacheco à la Cité universitaire. Je l'avais déjà repéré quelques mois auparavant. En janvier de cette année-là, il avait beaucoup neigé et la Cité ressemblait à une station de sports d'hiver. J'avais croisé à plusieurs reprises, boulevard Jourdan, un homme d'une cinquantaine d'années vêtu d'un manteau marron déteint et aux manches trop longues, d'un pantalon de velours noir et d'après-skis. Ses cheveux étaient bruns et ramenés en arrière, ses joues mal rasées. Il marchait avec circonspection, comme s'il avait peur, à chacun de ses pas, de glisser sur la neige.

Au mois de juin suivant, il n'était plus le même. Son complet de toile beige, sa chemise bleu ciel et ses chaussures de daim paraissaient flambant neufs. Ses cheveux coupés plus courts et ses joues lisses lui donnaient un air de jeunesse. Est-ce que nous avons engagé la conversation à la cafétéria de la Cité universitaire dont les fenêtres s'ouvraient sur le boulevard Jourdan ?

Ou en face, à la brasserie Babel ? Plutôt à la cafétéria, me semble-t-il, à cause de cette ambiance d'aéroport indissociable, pour moi, de Pacheco : décor de plastique et de métal, allées et venues de gens qui parlaient toutes les langues comme s'ils étaient en transit. D'ailleurs, Pacheco portait ce jour-là une valise de cuir noir. Et il m'avait expliqué qu'il travaillait à Air France sans que je comprenne très bien s'il était steward sur une ligne aérienne ou s'il exerçait son emploi à Orly. Il occupait une chambre, au pavillon des Provinces françaises. Et comme je m'étonnais qu'à son âge il pût habiter la Cité universitaire, il m'avait montré une carte d'étudiant spécifiant qu'il était inscrit à la faculté des sciences de la Halle aux vins.

Je n'ai pas osé lui dire que je le connaissais déjà de vue. Et lui, m'avait-il remarqué cet hiver ? S'attendait-il à ce que je lui pose des questions ? Ou était-il persuadé que je ne pouvais pas faire le rapprochement entre le clochard aux après-skis et l'homme qui se tenait en face de moi ? Le regard bleu ne laissait rien deviner de ses pensées.

Une silhouette au pardessus marron déteint et à la démarche hésitante avait disparu dans la neige de cet hiver-là. Et personne ne s'en était rendu compte. Sauf moi.

Désormais, nous le rencontrions à la cafétéria de la Cité ou au petit restaurant de l'avenue Reille dont les spécialités étaient « orientales ». Nous avions des conversations anodines : il m'expliquait qu'il ne pouvait pas suivre tous les cours de la faculté des sciences, à cause de son travail. Mais quel était, au juste, son travail ?

– Disons... un travail de steward. Parfois sur des avions, ou dans un bureau d'Orly... ou à l'aérogare des Invalides... Trois jours par semaine...

Il s'était tu. Je n'avais pas insisté. Il fréquentait des étudiants marocains dont le pavillon était le premier de la Cité, juste après le stade Charléty. Aux Marocains se joignaient de très blondes Scandinaves et deux Cubains. Nous assistions, en compagnie de ce groupe, aux séances de cinéma du samedi soir et, souvent, nous nous réunissions dans la chambre que l'une des Scandinaves occupait à la fondation Deutsch-de-la-Meurthe, un village composé de petits pavillons aux murs de brique et de lierre. Pacheco nous invitait tous à dîner sous les tonnelles du restaurant de l'avenue Reille et il distribuait au dessert des cadeaux – cigarettes blondes, parfums, briquets « hors taxes » qu'il se procurait à Orly.

De temps en temps venait nous rejoindre un grand brun qui travaillait pour Air Maroc et avait été résident à la Cité universitaire quelques années auparavant. Pacheco le tutoyait. C'était par lui, sans doute, qu'il avait connu les autres. Pacheco prenait sa part de la gaieté du groupe, des plaisanteries, des bains de soleil sur les pelouses de la Cité, il se mêlait aux conversations, mais toujours je le sentais en retrait et je me disais que c'était à cause de la différence d'âge entre lui et nous.

Un dimanche soir, il était seul à la cafétéria et il nous avait invités, Jacqueline et moi, à déguster un pan-bagnat et une tarte aux pommes. J'étais sur le point de le questionner au sujet du clochard au pardessus déteint de cet hiver, mais je m'étais retenu de justesse. Je lui avais seulement demandé si son nom, Pacheco, était d'origine espagnole ou portugaise.

– Mon père était péruvien.

Il nous considérait l'un après l'autre comme s'il voulait s'assurer qu'il ne risquait rien à nous faire des confidences.

– Ma mère était moitié belge, moitié française. Et, par elle, je suis un descendant du maréchal Victor.

J'avoue qu'à l'époque j'ignorais tout de ce maréchal. Je savais seulement qu'il existait un boulevard Victor, là-bas, du côté de la porte de Versailles.

– Le maréchal Victor était un maréchal du Premier Empire. Napoléon l'avait fait duc de Bellune.

Il avait dit cela d'un ton détaché. Il semblait trouver naturel que le nom de « Victor » ne nous évoquât rien.

– Quand j'étais plus jeune, je me faisais appeler Philippe de Bellune, mais je n'avais aucun droit à ce titre.

Ainsi, son prénom était Philippe. Nous avions pris l'habitude de l'appeler « Pacheco » et, pour nous, « Pacheco » tenait à la fois lieu de nom et de prénom.

– Pourquoi aucun droit à ce titre ?

– Le dernier duc de Bellune n'avait eu que des filles dont l'une était ma grand-mère, et le titre s'est éteint. Ça vous intéresse vraiment ?

– Oui.

C'était la première fois qu'il me parlait de choses personnelles. Jusque-là, je n'avais aucun point de repère : cet homme était aussi fuyant et aussi lisse que son regard. Son âge lui-même était incertain : entre trente-cinq et cinquante ans.

– C'est joli, « Philippe de Bellune ». Vous auriez dû continuer à vous faire appeler comme ça.

– Vous croyez ?

Il a haussé les épaules et m'a considéré un moment de ses yeux bleus. L'image du clochard au manteau marron déteint qui marchait cet hiver le long du boulevard Jourdan m'est revenue en mémoire : on le connaissait peut-être sous le nom de Philippe de Bellune.

– A quel moment avez-vous renoncé à vous faire appeler Philippe de Bellune ?

– Ça vous intéresse vraiment ?

Quelques-uns de nos amis marocains et scandinaves sont venus s'asseoir à notre table, et Pacheco a retrouvé sa réserve. Il participait à la conversation mais ne disait plus que des généralités. Nous sommes sortis très tard de la cafétéria. Pacheco portait sa valise de cuir noir que je lui avais vue à plusieurs reprises.

Nous nous sommes quittés dans le hall du

pavillon des Provinces françaises où Pacheco avait une chambre. La nuit était tiède et nous nous sommes assis, Jacqueline et moi, sur un banc entouré de buissons de troènes, qui nous protégeaient des regards. C'est sans doute pour cela que Pacheco ne nous a pas remarqués, lorsqu'il est sorti dix minutes plus tard, sa valise de cuir noir à la main. Nous retenions notre souffle. Nous avions eu la même pensée : il faisait semblant d'habiter au pavillon des Provinces françaises et dès qu'il avait la certitude qu'il ne risquerait plus de rencontrer les membres de notre petit groupe, il quittait ce pavillon pour une destination inconnue.

Nous avons attendu qu'il soit à une cinquantaine de mètres devant nous pour lui emboîter le pas. A la sortie de la Cité universitaire, il s'est dirigé vers la gauche en direction de la porte d'Orléans et sa silhouette a disparu dans la nuit. Où pouvait-il aller ? Quel était son vrai domicile ? Je l'imaginais marchant tout droit devant lui, jusqu'à la porte de Versailles et atteignant enfin ce boulevard désolé qui portait le nom de son ancêtre. Il le suivait à pas lents, sa valise à la main, comme un somnambule, et à cette heure tardive, il était le seul piéton.

Nous l'avons revu, le lendemain, toujours aussi net, aussi lisse dans son complet de toile beige et ses chaussures de daim. Il ne portait plus sa valise, mais en bandoulière un petit sac de voyage en toile bleu marine de la compagnie British Airways. Nos regards se sont croisés, le sien aussi vide que d'habitude. C'était à moi tout seul de résoudre l'énigme que posait cet homme. Pacheco. Philippe de Bellune. A l'aide de ces deux noms, il fallait que je trouve d'autres détails sur lui. Dès cette époque, pour gagner un peu d'argent, j'avais commencé d'acheter et de revendre des lots de livres, des fichiers divers, des collections complètes de magazines. J'essayais à tout hasard de découvrir les noms de Bellune et de Pacheco au fond des annuaires et des vieux journaux qui me passaient par les mains, comme un chiffonnier qui fouille, à l'aide de son crochet, des tas de détritus.

J'avais pu rassembler ainsi quelques renseignements : le dernier duc de Bellune était du côté maternel d'ascendance anglo-portugaise par les familles de Lemos et Willoughby da Silveira. Mort en 1907 sans héritier masculin. Sa fille cadette avait épousé un certain Fernand-Marie-Désiré Werry de Hults, belge, mais « comte romain », et de leur mariage étaient nés deux fils et une fille, Éliane. En 1919, d'après le Bottin mondain, ils habitaient tous un hôtel particulier 4, rue Greuze dans le XVIe arrondissement. En effet, à la même adresse étaient mentionnés un certain Riclos y Perez de Pacheco et Mme née Éliane de Hults. Ces deux derniers étaient à coup sûr les parents du Pacheco que je connaissais. Dès 1927, si j'en croyais les annuaires, cette étrange famille avait disparu du 4 de la rue Greuze, sans laisser de trace. En 1953, réapparaissait une comtesse de Hults-Bellune, 4, rue du Dôme, et, l'année suivante, à la même adresse et au même numéro de téléphone : Pacheco (Mme de). Puis, plus rien.

Les rares moments où j'étais seul avec Pacheco à la cafétéria, je glissais une question dans l'espoir

qu'il répondrait et me fournirait d'autres renseignements sur lui.

– En 1953, vous alliez voir votre mère rue du
Dôme ?

Là, j'avais remarqué qu'il accusait le coup. Il
était devenu très pâle, brusquement. Il fallait
profiter de mon avantage.

– Je ne vois pas ce que vous voulez dire.

Il était sur la défensive. Pourquoi ce détail avait-
il jeté le trouble en lui ? Je croyais avoir une
réponse : 1953, 1954... Il ne s'agissait plus de son
ancêtre le maréchal Victor. Nous nous rappro-
chions dangereusement du présent et d'un clochard au manteau déteint et aux après-skis usés
qui arpentait l'hiver dernier le boulevard Jourdan.
J'étais impatient de voir sa réaction quand je lui
parlerais de cet homme-là. Aurait-il un sursaut
comme quelqu'un qui a peur de son ombre ?

Plusieurs semaines passèrent au cours des-
quelles il ne donna pas signe de vie. Son travail
le retenait-il loin de la Cité universitaire ? Au
pavillon des Provinces françaises, je demandais
si un certain Pacheco occupait une chambre.
On n'y connaissait aucun étudiant de ce nom-
là, ni aucun homme d'une cinquantaine d'années, les cheveux courts, vêtu d'un complet de
toile beige et de chaussures de daim. Le soir,

à la cafétéria, je questionnais les membres de notre petit groupe :

– Pas de nouvelles de Pacheco ?

– Non.

Nos amis marocains et scandinaves ne parlaient déjà plus de lui. Il s'effaçait de leurs mémoires. La vie continuait sans Pacheco : les après-midi et les soirées sur la grande pelouse, les promenades parc Montsouris, les dîners sous la tonnelle du restaurant oriental de l'avenue Reille... Je finissais par croire qu'on ne le reverrait plus. Le hasard avait voulu que, dans un lot de vieux journaux des années 1946 et 1948, je tombe sur deux entrefilets. Le premier faisait état d'une liste de personnes recherchées à cause de leurs activités pendant l'Occupation. Parmi celles-ci figurait « Philippe de Bellune, dit " de Pacheco ", qui serait mort l'année dernière des suites de son internement à Dachau ». Mais on exprimait des doutes sur cette mort. Deux ans plus tard, en 1948, un journal publiait en bas de page une autre liste d'inculpés qui ne s'étaient pas présentés à l'audience d'une cour de justice, et qui étaient recherchés : le numéro 3 de la liste était « Philippe de Bellune, né à Paris le 22 janvier 1918, sans domicile connu ». Cela voulait dire qu'à l'époque sa mort n'avait pas encore été confirmée.

Le destin d'un homme recherché pour intelligence avec l'ennemi et dont on ignorait s'il était sorti vivant du camp de Dachau me laissait perplexe. Par quel enchaînement de circonstances avait-il été entraîné dans cette situation contradictoire ? Je pensais à mon père qui avait vécu toutes les incohérences de la période de l'Occupation et qui ne m'en avait presque rien dit avant que nous nous quittions pour toujours. Et voilà qu'à peine entrevu, Pacheco lui aussi s'éclipsait sans m'avoir donné d'explications.

Il réapparut, un dimanche soir, à la cafétéria de la Cité. Il était tard et il n'y avait plus personne autour des tables de Formica. J'étais assis près de la fenêtre qui donnait sur le boulevard Jourdan et, quand je le vis arriver dans son costume beige et ses mocassins de daim – les cheveux un peu plus longs que d'habitude et le teint bronzé –, j'eus un coup au cœur. Il vint s'asseoir à côté de moi d'une manière aussi naturelle que s'il s'était absenté quelques minutes pour téléphoner.

– J'ai cru qu'on ne vous reverrait jamais, lui ai-je dit.

– Air France m'a envoyé travailler dans un aérodrome du Maroc... A Casablanca... J'ai dû y rester longtemps.

– J'ai appris que vous aviez été interné au camp

de Dachau pendant la guerre, lui ai-je dit bru-
talement.

– Non.

Il restait immobile, le regard fixé droit devant
lui, comme s'il craignait d'autres révélations de
ma part.

– Et que vous étiez recherché par la justice
après la guerre pour intelligence avec l'ennemi.
C'était l'époque où vous vous faisiez appeler
Philippe de Bellune.

– Vous faites erreur.

– Ils ont cru pendant un certain temps que
vous étiez mort à Dachau...

– Mort ?

Il haussait les épaules.

– Pour quelles raisons étiez-vous recherché
après la guerre ?

Il découpait son pan-bagnat à l'aide d'une
fourchette et d'un couteau, en morceaux très fins.

– Vous avez beaucoup d'imagination... Mais je
suis très fatigué, ce soir...

Il me lançait un sourire, et j'avais compris que
je ne tirerais rien de lui. Les jours suivants, nous
nous sommes revus avec tout notre groupe et
nous n'avons plus parlé en tête à tête. Il nous a
invités à dîner, comme il en avait l'habitude, au
restaurant de l'avenue Reille. Son ami d'Air

Maroc était présent, ce soir-là. Et, selon la coutume, il nous a offert des cartouches de cigarettes américaines, des parfums, des stylos « hors taxes » et de menus souvenirs qu'il avait rapportés de Casablanca.

Je ne voulais pas le mettre dans l'embarras en lui demandant s'il habitait vraiment au pavillon des Provinces françaises. Il nous est arrivé encore, à plusieurs reprises, de le raccompagner la nuit jusqu'à ce pavillon et je le voyais monter le grand escalier, mais je n'avais même plus l'envie de m'asseoir sur le banc aux troènes pour vérifier s'il ressortait quelques minutes plus tard.

Une fin d'après-midi de ce mois de septembre, où nous étions allongés sur la pelouse de la Cité universitaire pour profiter des derniers beaux jours, Pacheco nous montrait des photos de l'aérodrome et des avenues de Casablanca. Sur l'une d'elles, on le voyait en tenue de steward devant un bâtiment dont la blancheur contrastait avec le bleu du ciel. Tout était net dans ce décor ensoleillé : les couleurs, blanches et bleues, l'ombre qui se découpait au pied du bâtiment, l'uniforme beige sable de steward, le sourire de Pacheco et le fuselage étincelant d'un avion de tourisme, tout au fond. Mais, moi, je pensais à un certain Philippe de Bellune dont la silhouette s'était

perdue dans le brouillard il y a longtemps. Son
destin avait été si flou qu'on le croyait mort après
la guerre. Il ne portait même pas son vrai nom.
Quelle avait pu être la vie de cet homme né le
22 janvier 1918 à Paris ? Il avait dû passer les
premières années de son enfance, 4, rue Greuze,
chez ses grands-parents et ses parents. Par curiosité, j'avais consulté l'annuaire : le 4, rue Greuze
était désormais le siège de l'Église chaldéenne.
On avait sans doute transformé le rez-de-chaussée
en chapelle pour célébrer les rites de cette religion
orientale. Avait-on laissé intacte la chambre d'enfant ? Je projetais de me rendre à un office du
rite chaldéen, et de me glisser hors de la chapelle
pour visiter les étages de l'hôtel particulier. Et
peut-être retrouver des témoins qui auraient connu
Pacheco, rue Greuze. Au numéro 2, dans l'immeuble voisin, habitait vers 1920 une princesse
Duleep-Singh, et ce nom avait réveillé un souvenir d'enfance : j'attends mon père, un vendredi
soir dans une gare de la côte normande. Parmi
les voyageurs qui descendent du train de Paris,
une femme brune entourée de plusieurs serviteurs
en turban et de jeunes filles anglaises en culotte
de cheval dont le rôle semble celui de dames de
compagnie. Ils empilent un grand nombre de
valises sur des chariots. L'un d'eux me bouscule

au passage. En tombant, je me blesse au genou. Aussitôt, la femme me relève, se penche vers moi et, à l'aide d'un mouchoir et d'un petit flacon de parfum, elle frotte l'éraflure du genou d'un geste maternel. C'est une femme d'une trentaine d'années dont le visage m'émerveille par sa douceur et sa beauté. Elle me sourit. Elle me caresse les cheveux. Devant la gare, plusieurs voitures américaines l'attendent.

— Une princesse hindoue, m'avait dit mon père.

Dans quel pensionnat avait-on inscrit l'enfant Philippe Riclos y Perez de Pacheco ? Quels étaient ses amis en 1938, quand il avait vingt ans ? A quel métier se destinait-il ? Je l'imaginais livré à lui-même. La guerre et l'Occupation avaient achevé de semer le désordre et la confusion chez un jeune homme à la personnalité bien indécise : il ne devait même pas être très sûr de son identité puisqu'il se faisait appeler, à ce moment-là, Philippe de Bellune, comme s'il voulait se raccrocher au seul point de repère qu'il eût dans sa vie, un point de repère très lointain : son ancêtre, le maréchal Victor, duc de Bellune.

Sans doute avait-il été victime de mauvaises fréquentations. Dans l'article de 1946, il est précisé qu'un « mandat d'amener » a été lancé contre lui et plusieurs personnes dont une

« comtesse » de Seckendorff et un « baron » de Kermanor. Ces titres de noblesse étaient-ils aussi authentiques que celui de Philippe de Bellune ? La liste qui figurait dans le journal de 1948 comportait de nouveau leurs trois noms.

Procédure suivie du chef d'intelligence avec l'ennemi contre :
1) Lebobe André, né le 6 octobre 1917 à Paris, XIVᵉ. Courtier. 22, rue Washington.
2) Sherrer Alfred, dit « l'Amiral », né le 26 mars 1915 à Hanoi (Indochine). Sans domicile connu.
3) Philippe de Bellune, né à Paris le 22 janvier 1918, fils de Riclos y Perez de Pacheco Mario et de Werry de Hults Éliane, sans domicile connu.
4) Bremont Roger, né le 24 février 1910 à Paris, *alias* Breugnot Roger, sans domicile connu.
5) Yevremovitch Miodraf, dit « Draga », né le 23 mars 1911 à Valdejo (Yougoslavie), ayant demeuré à Paris, 2, square des Aliscamps (XVIᵉ), actuellement sans domicile connu.
6) Ruiz José, dit « Vincent », dit « Vriarte Vincent », né le 26 avril 1917 à Sestao (Espagne), sans domicile connu.
7) Galleran Héloïse, femme Pelaez, née le 24 avril 1914 à Luenco (Espagne), actuellement sans domicile connu.
8) de Reith Hildegarde-Jeanne-Caroline, femme von Seckendorff, née le 18 février 1907 à Mayen (Allemagne), ayant demeuré à Paris, 41, avenue Foch, actuellement sans domicile connu.

9) Léger Yves, 14, rue des Dardanelles, dernier domicile connu.

10) Watchmann Johannès, 76, avenue des Champs-Élysées, dernier domicile connu.

11) Fercrou, 1, rue Lord-Byron, dernier domicile connu.

12) Cremer Edmond, dit « Piquet », dit « baron de Kermanor », né le 31 octobre 1905 à Bruxelles. 10, rue Berteaux-Dumas (Neuilly), dernier domicile connu.

Défaut des accusés à l'audience du 3 novembre 1947.

Aucun d'eux ne s'était présenté à l'audience du 25 février 1948, comme l'ordonnait le président de la cour de justice de la Seine. Ils avaient disparu pour toujours.

Philippe de Bellune avait-il vraiment été interné au camp de Dachau ? Et, à son retour à Paris, où s'était-il réfugié pour échapper à la justice qui lui réclamait des comptes ? Je l'imaginais se glissant la nuit dans le petit appartement de la rue du Dôme où cette comtesse de Hults Bellune *alias* Mme de Pacheco — sa mère — le recevait en cachette, car elle avait dû déclarer aux policiers qui recherchaient son fils que celui-ci était bien mort.

Souvent, par prudence, la mère et le fils ne se donnaient pas rendez-vous dans l'appartement, mais dans les cafés du quartier — place Victor-

Hugo, avenue de la Grande-Armée... Un soir, ils étaient allés ensemble au mont-de-piété de la rue Pierre-Charron pour se partager le prix du dernier bijou de valeur qu'elle mettait en gage. Puis ils avaient remonté les Champs-Élysées. C'était un soir de l'hiver 1948, le jour où le second avis de recherche avait paru, preuve que la justice doutait encore de la mort de Philippe de Bellune... Elle l'avait quitté à la station de métro George-V où il s'était perdu dans la foule des heures de pointe.

Vingt ans avaient passé. Et, sur la grande pelouse, Pacheco nous montrait ses photos du Maroc, comme un touriste au retour des vacances. Peut-être nous inviterait-il, plus tard, à une projection de diapositives dans sa chambre du pavillon des Provinces françaises. Après tout, c'était moi qui me faisais de fausses idées sur lui. Ce soir-là, nous avions tous fini par nous réunir autour de l'une des tables de la cafétéria et je me souviens que l'un des Marocains et son amie suédoise avaient dansé sur une musique que diffusait un transistor. Pacheco avait dansé, lui aussi. Il portait un polo bleu marine, des lunettes de soleil, et ses cheveux coupés très court le rajeunissaient encore plus. Je finissais par douter que la date de naissance de cet homme fût le 22 janvier 1918.

La semaine suivante, Jacqueline et moi nous étions seuls avec Pacheco dans l'un des cafés, en face du stade Charlety. A côté de lui, sa valise de cuir noir.

– Vous me rendriez un service ? a-t-il demandé.

Il savait que Jacqueline habitait une chambre, boulevard Kellermann. Est-ce qu'il pouvait lui confier pendant quelques jours cette valise ? Il devait de nouveau s'absenter pour son travail et il ne voulait pas la laisser dans sa chambre du pavillon des Provinces françaises, car la porte ne fermait pas à clef : il avait rangé dans cette valise des vêtements et des objets personnels, sans valeur, sauf pour lui.

Il nous a accompagnés jusqu'à l'immeuble du boulevard Kellermann, mais il n'a pas voulu monter. Dans la cour, il m'a confié la valise.

– Ils m'envoient encore au Maroc... Mais je reviendrai la semaine prochaine... Je vous écrirai une carte postale...

Il restait debout, au milieu de la cour. Je sentais qu'il voulait me dire quelque chose, mais il ne se décidait pas. J'avais la valise à la main. Il me regardait fixement de ses yeux vides.

– Est-ce que vous me rendriez un autre service ?

Il me tendait une grande enveloppe marron.

– C'est mon dossier d'inscription à la faculté des sciences pour cette année. Il faudrait l'apporter à la Halle aux vins avant la fin de la semaine.

– Comptez sur nous, lui ai-je dit.

Il nous a serré la main. De nouveau, il a levé son regard vers moi. Il nous a tourné le dos brusquement après avoir esquissé du bras un geste d'adieu. Je l'ai vu traverser le boulevard et longer le mur de la SNECMA en direction du parc Montsouris.

Les jours, les mois ont passé sans que nous n'ayons plus aucune nouvelle de lui. Il ne nous a pas envoyé une carte postale du Maroc comme il l'avait promis. Nous avions rangé la valise dans

le placard de la chambre du boulevard Kellermann. Le dossier d'inscription à la faculté des
sciences de la Halle aux vins qu'il m'avait confié
n'était qu'une demande d'assister au cours, en
qualité d'auditeur libre. Et cette demande était
bien formulée au nom de Philippe de Pacheco.
Nos amis de la Cité universitaire ne s'étonnaient
pas de son absence – Il reviendra, un jour, il
nous rapportera des cartouches de cigarettes américaines... Mais ils en parlaient avec de plus en
plus d'indifférence, comme de l'un de ces centaines de résidents que l'on croise une fois dans
les couloirs et en compagnie duquel on se retrouve,
par hasard, autour d'une table de la cafétéria.

Un soir, j'ai décidé d'ouvrir la valise. Je venais de rencontrer, à la terrasse du Café Babel, en bordure du parc Montsouris, le grand brun qui travaillait à Air Maroc. Je lui avais demandé des nouvelles de Pacheco.

– Je crois qu'il ne reviendra plus. Il va rester à Casablanca pour toujours.

– Vous connaissez son adresse ?

– Non.

J'étais sûr du contraire. Il en savait plus long qu'il ne voulait m'en dire.

– Alors, il préfère rester là-bas ?

– Oui.

De retour dans la chambre, j'ai sorti du placard la valise de cuir noir. Elle était fermée à clef, mais à l'aide d'un couteau j'ai forcé la serrure.

Pas grand-chose dans cette valise : le manteau

déteint que portait cet hiver d'il y a deux ans le clochard que j'avais remarqué dans les parages de la Cité universitaire. Un pantalon de velours noir. J'ai découvert dans l'une des poches du manteau un portefeuille de maroquin très usé dont j'ai vidé le contenu sur la table de la cuisine.

Une carte d'identité, vieille de dix ans, au nom de Philippe de Pacheco, né le 22 janvier 1918. L'adresse mentionnée sur cette carte était : 183, rue Belliard, Paris XVIIIe. Plié en quatre, le brouillon d'une lettre – si j'en jugeais par les ratures et certains mots rajoutés entre les lignes :

Paris, 15 février 1954.

Monsieur le Directeur,

Je suis en ce moment au centre d'accueil de l'Armée du Salut, sur la péniche, quai d'Austerlitz, en face de la gare. Il y a un réfectoire, des douches et le dortoir est bien chauffé. J'ai passé plusieurs semaines, l'automne dernier, à la Cité du refuge de la rue Cantagrel où je travaillais dans un atelier. Je n'ai pas de qualification spéciale, sauf que j'ai été employé depuis l'âge de 15 ans dans la restauration (cafés, restaurants, etc.)

Je vous fais la liste de mes différents emplois, depuis le début :

Serveur : de 1933 à 1939 : restaurant La Flotte, 118, quai de l'Artois, Le Perreux. De 1940 (démobilisé) à juin 1942 : Café Les Tamaris, 122, rue d'Alésia (XIVe). De juin 1942 à novembre 1943 :

Le Polo, 72, avenue de la Grande-Armée. De novembre 1943 à août 1944 : restaurant Chez Alexis, 47, rue Notre-Dame-de-Lorette (IXᵉ). De 1949 à 1951 : veilleur de nuit à la pension Keppler, 9, rue Keppler (XVIᵉ).

Je suis encore sous le coup d'une interdiction de séjour dans le département de la Seine et j'ai perdu tous mes papiers.

En espérant que vous pourrez faire quelque chose pour moi.

Avec tous mes respects.

Lombard.

Outre cette lettre, le portefeuille contenait la page d'un magazine, pliée elle aussi en quatre : l'article relatait les événements de cette nuit d'avril 1933 au cours de laquelle Urbain et Gisèle T. avaient erré de Montparnasse au Perreux avant de retourner rue des Fossés-Saint-Jacques en compagnie des deux autres couples. Plusieurs photos de couleur bistre illustraient la page du magazine. Sur l'une d'elles, on voyait le restaurant-dancing du Perreux, sur une autre l'entrée du 26, rue des Fossés-Saint-Jacques. En haut, à gauche, la photographie d'un très jeune homme aux cheveux bruns plaqués : je n'eus aucun mal à reconnaître le prétendu Pacheco, malgré la distance des années. L'arc des sourcils, le nez droit et la bouche assez charnue étaient les

mêmes. A côté de cette photo, une légende :
« Charles Lombard, employé d'un restaurant-
dancing du Perreux, avait servi le couple, cette
nuit-là. »

Ainsi, cet homme que j'avais côtoyé pendant des mois ne s'appelait pas Philippe de
Pacheco. Il s'agissait d'un certain Charles Lombard, ancien garçon de café, qui fréquentait les
refuges de l'Armée du Salut et en particulier
la péniche amarrée quai d'Austerlitz. Pourquoi
m'avait-il laissé sa valise ? Voulait-il me don-
ner une leçon en me montrant que la réalité
était plus fuyante que je ne le pensais ? Ou
bien, tout simplement, il avait abandonné ces
dépouilles, sûr de faire peau neuve, à Casablanca
ou ailleurs.

Où et à quelle époque Lombard avait-il usurpé
l'identité de Pacheco ? La carte d'identité datait
de 1955. Donc, cette année-là, Pacheco était
vivant. La photo qui figurait sur cette carte était
celle de l'homme que j'avais connu à la Cité
universitaire, de son vrai nom Charles Lombard,
et il l'avait habilement substituée à la photo de
Pacheco puisqu'elle portait le tampon de la
préfecture de Police. Ce soir-là, je suis allé au
183 de la rue Belliard, près de la porte de
Clignancourt, et la concierge m'a dit qu'aucun

habitant de l'immeuble n'avait jamais porté le nom de Pacheco.

La justice avait sans doute renoncé à retrouver Pacheco. J'avais appris qu'au bout d'un certain temps une loi d'amnistie avait été promulguée pour les délits d'« intelligence avec l'ennemi ». C'est à ce moment-là que, selon toute vraisemblance, Pacheco, sortant du néant, s'était fait délivrer une carte d'identité.

J'imaginais qu'il avait traîné une silhouette de clochard. Sur la péniche du quai d'Austerlitz, il avait eu Lombard pour voisin de dortoir. L'autre lui avait volé sa carte d'identité. D'ailleurs, tout était possible dans ce quartier d'Austerlitz entre le quai de la Gare et le Jardin des Plantes : la nuit y est si profonde avec ses odeurs de vin et de charbon et ses rugissements de fauves qu'un clochard peut tomber du pont d'une péniche dans la Seine, s'y noyer, et personne n'y prête attention.

Lombard connaissait-il le passé de Pacheco au moment où il lui avait dérobé sa carte d'identité ? En tout cas, il savait que Philippe de Pacheco se faisait appeler Philippe de Bellune et qu'il était le descendant du maréchal Victor. Je l'entendais encore me dire de sa voix sourde à la cafétéria de la Cité universitaire : « Quand j'étais plus jeune, je me faisais appeler Philippe de Bellune, mais je n'avais aucun droit à ce titre. »

Dans le dortoir de la péniche d'Austerlitz, Pacheco s'était confié à Lombard et lui avait raconté sa vie. Pourquoi, sur la carte d'identité, était-il domicilié au 183, rue Belliard, XVIIIᵉ ? Sa mère était-elle encore vivante ? Où ? Autant de questions dont les réponses se trouvaient sans doute dans un dossier rangé parmi d'autres à la préfecture de Police. Y figuraient aussi les raisons de son internement à Dachau et de son inculpation pour « intelligence avec l'ennemi ». Mais comment obtenir ce dossier ?

Et si Pacheco avait continué de chercher asile dans les divers refuges de l'Armée du Salut ? La perte de sa carte d'identité l'avait laissé indifférent. Cela faisait longtemps déjà qu'il était mort pour tout le monde... Peut-être n'avait-il pas quitté la péniche du quai d'Austerlitz.

L'après-midi, il déambulait le long du quai, ou bien il visitait le Jardin des plantes et achevait sa journée assis dans le hall de la gare, avant de rentrer dîner au réfectoire de la péniche et de s'affaler sur la couchette du dortoir. Et la nuit tombait sur le quartier où mon père, quelques années auparavant, avait lui aussi l'aspect d'un clochard. Sauf que les Magasins généraux de

Paris où on l'avait enfermé avec des centaines de gens n'étaient pas l'Armée du Salut.

Dans sa mémoire embrumée flottaient des lambeaux du passé : l'hôtel particulier de la rue Greuze. Le chien que ses grands-parents lui avaient donné pour Noël. Un rendez-vous avec une fille aux cheveux châtain clair. Ils étaient allés ensemble au cinéma, sur les Champs-Élysées. En ce temps-là, il se faisait appeler Philippe de Bellune. L'Occupation était venue, avec tous ces gens qui, eux aussi, portaient de drôles de noms et de faux titres de noblesse. Sherrer dit « l'Amiral », Draga, Mme de Seckendorff, le baron de Kermanor...

Je m'étais assis à la terrasse de l'un des cafés, vis-à-vis du stade Charlety. J'échafaudais toutes les hypothèses concernant Philippe de Pacheco dont je ne connaissais même pas le visage. Je prenais des notes. Sans en avoir clairement conscience, je commençais mon premier livre. Ce n'était pas une vocation ni un don particuliers qui me poussaient à écrire, mais tout simplement l'énigme que me posait un homme que je n'avais aucune chance de retrouver, et toutes ces questions qui n'auraient jamais de réponse.

Derrière moi, le juke-box diffusait une chanson italienne. Une odeur de pneus brûlés flottait dans l'air. Une fille s'avançait sous les feuillages des arbres du boulevard Jourdan. Sa frange blonde, ses pommettes et sa robe verte étaient la seule note de fraîcheur dans ce début d'après-midi d'août. A quoi bon tâcher de résoudre des mystères insolubles et poursuivre des fantômes, quand la vie était là, toute simple, sous le soleil ?

A vingt ans, j'éprouvais un soulagement quand je passais de la Rive gauche à la Rive droite de la Seine, en traversant le pont des Arts. La nuit était déjà tombée. Je me retournais une dernière fois pour voir briller, au-dessus de la coupole de l'Institut, l'étoile du Nord.

Tous les quartiers de la Rive gauche n'étaient que la province de Paris. Dès que j'avais abordé la Rive droite, l'air me semblait plus léger.

Je me demande aujourd'hui ce que je fuyais en traversant le pont des Arts. Peut-être le quartier que j'avais connu avec mon frère et qui, sans lui, n'était plus le même : école de la rue du Pont-de-Lodi, mairie du VIᵉ arrondissement où avaient lieu les distributions de prix, l'autobus 63 que nous attendions devant le Café de Flore et qui nous emmenait au Bois de Boulogne... Longtemps, j'ai ressenti un malaise à marcher dans certaines rues de la Rive gauche. Maintenant, le quartier m'est devenu indifférent, comme s'il avait été reconstruit pierre par pierre après un bombardement, mais qu'il avait perdu son âme. Et pourtant, un après-midi d'été, j'ai retrouvé dans un éclair, au tournant de la rue Cardinale, quelque chose du Saint-Germain-des-Prés de mon enfance qui ressemblait à la vieille ville de Saint-Tropez, sans les touristes. De la place de l'église, la rue Bonaparte descendait vers la mer.

Une fois traversé le pont des Arts, je passais sous la voûte du Louvre, un domaine qui, lui aussi, m'était familier depuis longtemps. Sous cette voûte, une odeur de cave, d'urine et de bois pourri venait du côté gauche du passage, où nous n'osions jamais nous aventurer. Le jour tombait d'une vitre sale et tendue de toiles d'araignée, et il laissait dans une demi-pénombre des tas de gravats, de poutres, et de vieux instruments de jardinage. Nous étions sûrs que des rats se cachaient là, et nous pressions le pas pour déboucher à l'air libre, dans la cour du Louvre.

Aux quatre coins de cette cour, l'herbe poussait entre les pavés disjoints. Là aussi étaient entassés des gravats, des pierres de taille et des tiges de fer rouillées.

La cour du Carrousel était bordée de bancs de pierre, au pied des ailes du palais qui encadraient les deux petits squares. Il n'y avait personne sur ces bancs. Sauf nous. Et quelquefois un clochard. Au centre du premier square, sur un socle si haut qu'on distinguait à peine la statue, le général La Fayette était perdu dans les airs. Une pelouse qu'on ne taillait pas entourait ce socle. Nous pouvions jouer et nous allonger dans les herbes hautes sans qu'un gardien vienne jamais nous réprimander.

Dans le second square, parmi les taillis, deux statues de bronze, côte à côte : Caïn et Abel. Les grilles d'enceinte dataient du Second Empire. Les visiteurs se pressaient à l'entrée du musée du Louvre, mais nous étions les seuls enfants à fréquenter ces squares abandonnés.

La zone la plus mystérieuse s'étendait à gauche des jardins du Carrousel le long de l'aile sud qui se termine par le pavillon de Flore. C'était une grande allée, séparée des jardins par une grille et bordée de réverbères. Comme dans la cour du Louvre, la mauvaise herbe poussait entre les pavés, mais la plupart de ceux-ci avaient disparu, laissant à nu des plaques de terre. Là-haut, dans le renfoncement que faisait l'aile du palais, une horloge. Et derrière

90

l'horloge, la cellule du prisonnier de Zenda.
Aucun des promeneurs des jardins du Carrousel
ne s'aventurait dans cette allée. Nous jouions
des après-midi entiers parmi les vasques et les
statues brisées, les pierres et les feuilles mortes.
Les aiguilles de l'horloge ne bougeaient pas.
Elles indiquaient pour toujours cinq heures et
demie. Ces aiguilles immobiles nous enveloppent
d'un silence profond et apaisant. Il suffit de
rester dans l'allée et plus rien ne changera
jamais.

Il y avait un commissariat de police dans la
cour du Louvre, à droite de la voûte qui menait
rue de Rivoli. Un panier à salade était garé à
proximité. Des agents en uniforme se tenaient
devant la porte entrouverte d'où filtrait une
lumière jaune. Sous la voûte, à droite, l'entrée
principale du commissariat. Pour moi, celui-ci
était le poste frontière qui marquait vraiment le
passage de la Rive gauche à la Rive droite, et je
vérifiais si j'avais bien ma carte d'identité dans
ma poche.

Les arcades de la rue de Rivoli, le long des
magasins du Louvre. La place du Palais-Royal
et sa bouche de métro. Elle donnait accès à un
couloir où se succédaient de petites boutiques de
cireurs de chaussures avec leur siège en cuir, des

vitrines de bijoux en toc et de souvenirs. Il suffisait maintenant de choisir quel serait le but du voyage : Montmartre ou les quartiers de l'ouest.

A Lamarck-Caulaincourt, vous deviez emprunter un ascenseur pour sortir de la station. L'ascenseur était de la taille d'un téléphérique, et l'hiver, quand il avait neigé à Paris, vous pouviez croire qu'il vous menait au départ d'une piste de ski.

Dehors, vous montiez un escalier pour rejoindre la rue Caulaincourt. A la hauteur du premier palier, s'ouvrait sur le flanc de l'immeuble de gauche la porte du San Cristobal.

Il y régnait un silence et une demi-pénombre de grotte marine, les après-midi de juillet où la canicule vidait les rues de la butte Montmartre. Les fenêtres aux vitraux multicolores réfractaient les rayons de soleil sur les murs blancs et les boiseries sombres. San Cristobal... Le nom d'une île de la mer des Caraïbes, du côté de la Barbade et de la Jamaïque ? Montmartre aussi est une île que je n'ai pas revue depuis une quinzaine d'années. Je l'ai laissée loin derrière moi, intacte, dans l'azur du temps... Rien n'a changé : l'odeur de peinture fraîche de la maison, et la rue de l'Orient qui m'évoquera toujours les rues en pente de Sidi-Bou-Saïd.

C'est avec la Danoise, le soir de ma fugue du collège, que je suis allé pour la première fois au San Cristobal. Nous étions assis à une table du fond, près des vitraux.

– Qu'est-ce que tu voudrais manger, mon petit vieux ?

Pendant le dîner, j'ai essayé de lui parler de mon avenir. Maintenant qu'ils ne voudraient plus de moi au collège, pourrais-je continuer mes études ? Ou bien faudrait-il que je trouve déjà du travail ?

– A chaque jour suffit sa peine... Prends un dessert...

Elle ne semblait pas se rendre compte de la gravité de la situation. Un grand blond vêtu d'un costume prince-de-galles est entré au San Cristobal et s'est dirigé vers notre table.

– Bonjour, Tony.

– Bonjour.

Elle avait l'air ravi de le voir. Son visage était illuminé. Il s'est assis à côté de nous.

– Je te présente un ami qui était tout seul ce soir..., a-t-elle dit en me désignant. Alors, je l'ai invité à dîner.

– Tu as bien fait.

Il me souriait.

– Monsieur travaille dans la musique ?

– Non, non..., a-t-elle dit. Il s'est enfui de son collège.

Il a froncé les sourcils.

– C'est embêtant, ça... Et il n'a pas de parents ?

– Ils sont en voyage, ai-je bredouillé.

– Tony va téléphoner au collège, a dit la Danoise. Il va se faire passer pour ton père en leur expliquant que tu es bien rentré chez toi...

– Tu crois vraiment que c'est une bonne idée ? a demandé Tony.

Il tournait doucement le bout de sa cigarette sur le rebord du cendrier.

– Tu vas le faire, Tony...

Elle avait pris un ton impérieux et le menaçait de son index dressé.

– D'accord...

C'est elle-même qui a demandé aux renseignements le numéro de téléphone du collège. Elle l'a noté sur un bout de papier.

– A toi de jouer, Tony...

– Puisque vous y tenez...

Il s'est levé et, d'une démarche nonchalante, il s'est dirigé vers la cabine téléphonique.

– Tu vas voir... Tony va arranger le coup...

Au bout d'un moment, il est revenu à notre table.

– Voilà... Ils ont dit que mon fils était renvoyé et qu'il faut que j'aille chercher ses affaires avant la fin de la semaine...

Il haussait les épaules d'un air navré. J'ai dû devenir très pâle, brusquement. Il a posé sa main sur mon épaule.

– Ne t'inquiète pas... Ils ne peuvent plus t'embêter... Je leur ai dit que tu étais bien rentré chez nous...

Nous nous sommes retrouvés tous les trois rue Caulaincourt.

– Je ne vais pas pouvoir t'accompagner au cinéma, m'a dit la Danoise. Il faut que je reste un petit moment avec Tony...

Elle avait prévu de m'emmener au Gaumont-Palace voir *Salomon et la Reine de Saba*. Elle a fouillé dans ses poches et m'a tendu un billet de dix francs.

– Tu vas tout seul au Gaumont comme un grand... Et après, tu prends le métro et tu reviens dormir chez moi... Direction Porte Dauphine jusqu'à Étoile... Ensuite tu prends direction Nation et tu descends au Trocadéro.

Elle m'a lancé un sourire. Il m'a serré la main. Ils sont entrés tous les deux dans sa voiture bleue qui a disparu au premier tournant.

Je ne suis pas allé au cinéma, ce soir-là. Je me suis promené dans le quartier. En remontant l'avenue Junot, je suis arrivé devant le château des Brouillards. J'étais sûr qu'un jour j'habiterais par là.

Je me souviens d'un trajet en automobile, cinq ans plus tard, de Pigalle aux Champs-Élysées. J'étais venu chercher Claude Bernard dans sa librairie de l'avenue de Clichy et il voulait m'emmener au cinéma voir *Lola* ou *Adieu Philippine* qui m'ont laissé un beau souvenir... Il me semble que les nuages, le soleil et les ombres de mes vingt ans continuent à vivre, par miracle, dans ces films. D'habitude nous ne parlions entre nous que de livres et de films, mais, ce soir-là, j'ai fait allusion à mon père et à ses aventures sous l'Occupation : l'entrepôt du quai de la Gare, Pagnon, la bande de la rue Lauriston... Il a tourné son visage vers moi.

– L'un des anciens plantons de la rue Lauriston est maintenant portier de boîtes de nuit.

Comment le savait-il ? Je n'ai pas eu la présence d'esprit de le lui demander.

– Vous voulez le voir ?

Nous avons suivi le boulevard de Clichy et nous nous sommes arrêtés place Pigalle, en bordure du bassin. Il était environ neuf heures du soir.

– C'est lui...

Il me désignait un homme en costume bleu marine qui se tenait en faction devant Les Naturistes.

Vers minuit, nous remontions à pied la rue Arsène-Houssaye, dans le haut des Champs-Élysées, là où Claude Bernard avait garé sa voiture. Et nous sommes de nouveau tombés sur lui. Il portait toujours son costume bleu marine. Et des lunettes de soleil. Il demeurait immobile sur le trottoir, à la lisière de deux cabarets voisins l'un de l'autre, de sorte qu'on ne savait pas au juste pour lequel il travaillait.

J'aurais voulu le questionner au sujet de Pagnon, mais j'ai éprouvé une sensation de malaise, à l'instant où nous passions devant lui. Plus tard, j'ai cherché son nom parmi ceux des autres membres de la bande. Deux jeunes gens avaient servi de plantons, rue Lauriston : un certain Jacques Labussière et un certain Jean-Damien

Lascaux. Labussière, en ce temps-là, était domicilié rue de la Ronce à Ville-d'Avray et Lascaux quelque part du côté de Villemomble. Ils avaient été condamnés à la prison à perpétuité. Lequel des deux était-il ? Je ne le reconnaissais pas, d'après les photos floues de l'un et de l'autre qui avaient paru dans les journaux de l'époque, au moment du procès.

Je l'ai retrouvé, vers 1970, sur le trottoir de la rue Arsène-Houssaye, immobile, au même endroit, avec le même complet bleu marine et les mêmes lunettes. Planton pour l'éternité. Et je me suis demandé s'il ne portait pas ces lunettes de soleil parce que ses yeux depuis trente ans s'étaient usés à voir tant de gens passer le seuil de tant de mauvais lieux...

Quelques jours plus tard, Claude Bernard avait fouillé une armoire, au fond de sa librairie, et il en avait sorti cette lettre qu'il m'avait donnée et qui datait de l'Occupation. Je l'ai gardée depuis tout ce temps-là. Lui était-elle adressée ?

Mon amour chéri, mon petit homme bien-aimé, il est une heure de l'après-midi ; je m'éveille très fatiguée. Les affaires n'ont pas très bien marché. J'ai rencontré un officier allemand au Café de la Paix, je l'ai emmené au Chantilly, j'ai fait deux

100

bouteilles : 140 francs. A minuit, il était fatigué.
Je lui avais raconté que j'habitais très loin : ainsi,
il m'a loué une chambre. Il en a pris une pour
lui. J'ai touché la ristourne sur les deux, soit
260 francs et il m'a donné 300 francs. Cela m'a
fait mes 25 louis. Il m'avait donné rendez-vous
pour hier soir dans le hall du Grand Hôtel, mais
à sept heures, heure prévue, il est venu, navré, me
montrant l'ordre reçu de rejoindre Brest. Après
mon rendez-vous manqué, je me suis dit : « Je vais
aller à Montparnasse voir au Café de la Marine si
l'Ange le Maquignon est arrivé. » J'y suis allée.
Pas d'Ange. Je m'apprêtais à prendre mon métro ;
deux officiers allemands m'accostent et me
demandent d'aller avec eux, mais je me suis
aperçue que c'était des idiots ; j'ai laissé tomber.
Je suis revenue au Café de la Paix. Rien à faire.
Je suis allée, à la fermeture du Café de la Paix,
dans le hall du Grand Hôtel. Rien. Je suis allée
au bar du Claridge. Réunion protocolaire d'une
bande d'officiers avec leur général. Rien. Je suis
remontée à pied à Pigalle. Sur mon chemin, rien.
Il était une heure du matin, environ. Je monte
au Pigall's après avoir passé au Royal et au
Monico où il n'y avait rien. Rien au Pigall's non
plus. En redescendant, je tombe sur deux zazous
qui m'emmènent avec eux, nous avons bu deux
bouteilles au Pigall's, soit 140 francs, puis nous
sommes allés au Barbarina, où j'ai touché encore
140 francs. Ce matin, à six heures et demie, je
suis rentrée me coucher, crevée, avec 280 francs.
Au Barbarina, j'ai vu Nicole, il fallait voir sa

tenue... Si tu avais pu être là, mon pauvre Jeannot, tu serais écœuré...

Jacqueline.

Qui pouvait bien être l'Ange le Maquignon que cette Jacqueline allait rejoindre au Café de la Marine ? Dans le même café, un témoin avait cru reconnaître Gisèle et Urbain T., la nuit d'avril où ils avaient fait de mauvaises rencontres à Montparnasse.

Les Champs-Élysées... Ils sont comme l'étang qu'évoque une romancière anglaise et au fond duquel se déposent, par couches successives, les échos des voix de tous les promeneurs qui ont rêvé sur ses bords. L'eau moirée conserve pour toujours ces échos et, par les nuits silencieuses, ils se mêlent les uns aux autres... Un soir de 1942, près du cinéma Biarritz, mon père s'est fait rafler par les hommes des commissaires Schweblin et Permilleux. Beaucoup plus tard, vers la fin de mon enfance, je l'accompagnais à ses rendez-vous dans le hall du Claridge et nous allions dîner tous les deux au restaurant chinois tout près, dont la salle était au premier étage. Avait-il un regard vers l'autre trottoir de l'avenue, où attendait, quelques années auparavant, le panier à salade qui l'emmènerait au Dépôt ? Je me souviens de son bureau, dans l'immeuble ocre aux grandes baies vitrées du 1, rue Lord-Byron. On pouvait ressortir, en suivant d'interminables couloirs, par l'avenue des Champs-Élysées. Je crois qu'il avait choisi ce bureau à cause de sa double issue. Il y était toujours seul avec une très jolie femme blonde, Simone Cordier. Le téléphone sonnait. Elle décrochait le combiné :

– Allô... De la part de qui ?

Puis, se tournant vers mon père, elle lui chuchotait le nom. Et elle ajoutait :

– Je lui dis que vous êtes là, Albert ?

– Non. Je ne suis là pour personne...

Et les après-midi passaient ainsi. Vides. Simone Cordier tapait des lettres à la machine. Mon père et moi nous allions souvent au cinéma sur les Champs-Élysées. Il m'emmenait voir les reprises des films qu'il avait aimés. Dans l'un d'eux jouait l'actrice allemande Dita Parlo. A la sortie du cinéma, nous avions descendu à pied l'avenue. Il m'avait dit sur un ton de confidence, inhabituel de sa part :

– Simone était une amie de Dita Parlo... J'ai connu les deux en même temps...

Puis il s'était tu, et le silence entre nous avait duré jusqu'à la place de la Concorde, où il m'avait posé des questions sur mes études.

Dix ans plus tard, je cherchais quelqu'un qui puisse taper à la machine mon premier roman. J'avais retrouvé l'adresse de Simone Cordier. Je lui avais téléphoné. Elle paraissait surprise que je me souvienne d'elle après tout ce temps, mais elle m'avait donné rendez-vous à son domicile rue de Belloy.

Je suis entré dans cet appartement, mon manuscrit sous le bras. Elle m'a demandé d'abord des nouvelles de mon père et je n'ai pas pu lui répondre, car je n'en avais plus.

– Alors, vous écrivez des romans ?

J'ai répondu oui d'une voix mal assurée. Elle m'a fait entrer dans une pièce qui devait être le salon, mais où il ne restait plus aucun meuble. La peinture beige des murs était écaillée par endroits.

– Allons au bar, m'a-t-elle dit.

Et elle me désignait d'un geste brusque un petit bar blanc au fond de la pièce. Son geste, qui m'avait frappé sur le moment par sa désinvolture apparente, je comprends aujourd'hui tout ce qu'il cachait de gêne et de désarroi. Elle s'est placée debout, derrière le bar. J'ai posé mon manuscrit sur celui-ci.

– Je vous sers un whisky ? m'a-t-elle demandé.

Je n'osais pas lui dire non. Nous étions debout l'un et l'autre de chaque côté du bar, dans la lumière incertaine que projetait une applique. Elle s'est servie, elle aussi, du whisky.

– Vous le prenez comme moi ? Pur ?

– Oui.

Je n'avais pas bu de whisky depuis que la Danoise m'en avait offert, chez Malafosse, il y avait si longtemps...

Elle a avalé une grande gorgée.

– Et vous voulez que je vous tape tout ça ?

Elle me désignait le manuscrit.

– Vous savez, je ne tape plus depuis longtemps...

Elle n'avait pas vieilli. Les mêmes yeux verts. Ce qui faisait la belle architecture du visage était resté intact : le front, l'arcade sourcilière, le nez droit. Mais son teint était un peu couperosé.

– Il faudrait que je m'y remette... J'ai perdu la main...

Je me demandais tout à coup où elle aurait pu taper à la machine, dans cette pièce vide. Debout, avec la machine posée sur le bar ?

– Si ça vous embête, lui ai-je dit, on laisse tomber...

– Mais non... pas du tout...

Elle se servait encore de whisky.

– Je vais m'y remettre... Je louerai une machine...

Elle frappait du plat de la main sur le bar.

Vous me laissez trois pages et vous revenez dans quinze jours... Vous me rapportez encore trois pages... Et ainsi de suite... Ça vous va ?

– Oui.

– Un autre whisky ?

Après avoir quitté l'appartement de Simone Cordier, je n'ai pas tout de suite pris le métro à la station Boissière. Il faisait nuit et je me suis promené au hasard dans le quartier.

Je lui avais laissé trois pages de mon manuscrit sans grand espoir qu'elle les tape à la machine. Elle avait haussé les épaules quand je lui avais dit que j'étais sans nouvelles de mon père depuis cinq ans. Rien, décidément, ne pouvait l'étonner de la part d'« Albert », même sa disparition.

Il avait plu. Une odeur d'essence et de feuillages mouillés flottait dans l'air. Tout à coup, j'ai pensé à Pacheco. Je l'imaginais marchant sur le même trottoir. J'étais arrivé à la hauteur de l'hôtel

Baltimore. Je savais qu'un soir il était allé à un rendez-vous dans cet hôtel et je me suis demandé quel genre de personne il avait bien pu y rencontrer. Peut-être l'Ange le Maquignon.

Le seul témoignage que j'avais jamais recueilli sur Pacheco avait surgi fortuitement au détour d'une conversation, chez Claude Bernard, dans sa maison de l'île aux Loups. Nous y avions dîné avec un antiquaire de Bruxelles qu'il présentait comme son associé. Par quels méandres en étions-nous venus, cet homme et moi, à parler du duc de Bellune, puis de Philippe de Bellune, *alias* de Pacheco ? Ce nom lui rappelait quelque chose. Très jeune, il avait connu sur une plage de Belgique, à Heist, près de Zeebrugge, un certain Felipe de Pacheco. Celui-ci habitait chez ses grands-parents, dans une villa délabrée, sur la digue. Il prétendait qu'il était péruvien.

Felipe de Pacheco fréquentait l'hôtel du Phare où la propriétaire, qui avait été chanteuse à l'Opéra de Liège, donnait parfois, le soir, un récital pour la clientèle. Il était amoureux de sa fille, une très jolie blonde nommée Lydia. Il passait ses nuits à boire de la bière avec des amis de Bruxelles. Il dormait jusqu'à midi. Il avait interrompu ses études et vivait d'expédients. Ses grands-parents étaient trop vieux pour le surveiller.

Et quelques années plus tard, à Paris, mon interlocuteur avait retrouvé ce garçon dans un cours d'art dramatique où il se faisait appeler Philippe de Bellune. Il assistait au cours en compagnie d'une fille aux cheveux châtain clair. Lui, c'était un jeune homme brun, avec une tache sur l'œil. Un jour, ce Philippe de Bellune avait dit qu'il venait d'obtenir un travail bien rémunéré grâce aux annonces d'un journal.

On ne les avait plus jamais revus. Ni Philippe de Bellune ni la fille aux cheveux châtain clair. Ça devait être pendant l'hiver de 1942.

J'ai consulté toutes les offres d'emplois qui paraissaient dans les journaux de cet hiver-là :

Quelques jeunes gens, sans connaissances spéciales, sont demandés pour travail lucratif, gain immédiat. Écrire Delbarre ou Etève, Hôtel Baltimore, 88 *bis*, avenue Kléber, XVIe. Ou se présenter à cette adresse à partir de sept heures du soir.

Je me souviens d'un Hôtel de Belgique, boulevard Magenta, à la hauteur de la gare du Nord. C'est le quartier où mon père habitait dans son enfance. Et ma mère est arrivée à Paris pour la première fois, gare du Nord.

Aujourd'hui, j'ai eu envie de retourner de ce côté-là, mais la gare du Nord m'a paru si lointaine que j'y ai renoncé. Hôtel de Belgique... J'avais seize ans quand, ma mère et moi, nous avions échoué en juillet à Knokke-le-Zoute, comme des clochards. Des amis à elle avaient eu la gentillesse de nous recueillir.

Un soir, nous nous promenions tous les deux sur la grande digue d'Albert-Plage. Nous avions laissé derrière nous le casino et une zone de dunes au-delà de laquelle commençait la digue d'Heist-sur-Mer. Est-ce que nous sommes passés devant l'Hôtel du Phare ? Au retour, par l'avenue Élisabeth, j'avais remarqué plusieurs villas abandonnées dont l'une avait peut-être été celle des grands-parents de Felipe de Pacheco.

Hier soir, j'ai accompagné ma fille du côté des Gobelins. Au retour, le taxi a suivi la rue de la Santé, où un café de ceux qui portaient sur leur enseigne l'inscription : BOIS CHARBONS LIQUEURS était éclairé d'une lumière verte. Boulevard Arago, je ne détachais pas les yeux du mur sombre et interminable de la prison. C'était là où, jadis, on dressait la guillotine. De nouveau, j'ai pensé à mon père, à sa sortie de l'entrepôt du quai de la Gare et à Pagnon qui était sans doute venu le chercher cette nuit-là. Je savais que Pagnon lui-même avait été détenu à la Santé en 1941, avant d'être libéré par « Henri », le chef de la bande de la rue Lauriston.

Le taxi était arrivé à Denfert-Rochereau et prenait l'avenue qui borde l'hôpital Saint-Vincent-de-Paul, l'Observatoire et le Bureau des Longitudes. Il se dirigeait vers la Seine. Dans mes rêves, je fais souvent ce trajet : je sors d'un lieu de détention qui pourrait être l'entrepôt du quai de la Gare ou la Santé. Il fait nuit. Quelqu'un m'attend, dans une grande automobile aux banquettes de cuir. Nous quittons ce quartier d'hôpitaux, de couvents, de halles aux vins, de halles au cuir et de prisons pour nous diriger vers la Seine. A l'instant où nous atteignons la Rive droite après avoir franchi le pont du Carrousel et les guichets du Louvre, je pousse un soupir de soulagement. Je n'ai plus rien à craindre. Nous avons laissé derrière nous la zone dangereuse. Je sais bien qu'il ne s'agit que d'un répit. Plus tard, on me demandera des comptes. J'éprouve un sentiment de culpabilité dont l'objet demeure vague : un crime auquel j'ai participé en qualité de complice ou de témoin, je ne pourrais pas vraiment le dire. Et j'espère que cette ambiguïté m'évitera le châtiment. A quoi correspond ce rêve dans la vie réelle ? Au souvenir de mon père qui, sous l'Occupation, avait vécu une situation ambiguë elle aussi : arrêté dans une rafle par des policiers français sans savoir de quoi il était coupable, et libéré par un membre de la bande de la rue Lauriston ? Ceux-ci utilisaient plusieurs automobiles de luxe abandonnées par leurs propriétaires en juin 1940. « Henri » roulait dans une Bentley blanche qui avait appartenu au duc de Cadaval, et Pagnon dans une Lancia que l'écrivain allemand Erich Maria Remarque, avant son départ pour l'Amérique, avait confiée à un garagiste de la rue La Boétie. Et c'est sans doute dans la Lancia volée à Remarque que Pagnon était venu chercher mon père. Quelle étrange impression de sortir du « trou » – comme disait mon père – et de se retrouver dans l'une de ces voitures au parfum de cuir qui traverse lentement Paris en direction de la Rive droite après le couvre-feu... Mais, un jour ou l'autre, il faudra rendre des comptes.

Ce rêve que je fais souvent d'une traversée en voiture de la Rive gauche à la Rive droite, dans des circonstances troubles, je l'ai vécu moi aussi, quand je me suis enfui du collège en janvier 1960, à quatorze ans et demi. Le car que j'avais pris à la Croix-de-Berny m'a déposé porte d'Orléans, devant le Café de la Rotonde qui occupait le bas de l'un des groupes d'immeubles de la périphérie. Les rares fois que nous avions un jour de sortie, il fallait se rassembler le lundi à sept heures du matin devant le Café de la Rotonde et attendre le car qui nous ramènerait au collège. C'était une sorte de maison de correction d'apparence luxueuse pour dévoyés, rebuts de familles riches, enfants naturels de femmes qu'on appelait jadis des « poules », ou enfants abandonnés au cours d'un séjour à Paris comme des bagages

114

encombrants : tel mon voisin de dortoir, le Bré-
silien Mello Rodrigues, qui n'avait pas de nouvelles de sa famille depuis un an... Afin de nous
inculquer la discipline dont nos « familles » ne
nous avaient pas donné l'exemple, la direction
avait institué une rigueur de prytanée militaire :
marches au pas, salut aux couleurs le matin,
châtiments corporels, garde-à-vous, inspection le
soir dans les dortoirs, interminables parcours de
piste Hébert, les jeudis après-midi...

Ce lundi 18 janvier 1960, je faisais le chemin
inverse : du Café de la Rotonde, si lugubre, les
lundis matin d'hiver, quand nous rentrions au
« trou » par Montrouge et Malakoff, j'ai pris le
métro jusqu'à Saint-Germain-des-Prés. Chez
Malafosse, la Danoise a dit :

– Un whisky pour le petit vieux...

Le garçon, derrière le zinc, a souri et lui a
répondu :

– On ne sert pas d'alcool aux mineurs, made-
moiselle.

Elle m'en a fait boire une gorgée dans son
verre à elle. Le whisky m'a semblé d'un goût
particulièrement amer, mais il m'a donné le
courage de leur avouer que je ne pouvais pas
rentrer chez moi, car mes parents étaient absents
l'un et l'autre jusqu'au mois prochain.

– Alors il faut que tu rentres dans ton collège, m'a dit celui qui portait des lunettes noires et fumait des cigarettes papier-maïs.

Je leur ai expliqué que c'était impossible : la fugue d'un élève était toujours sanctionnée par un renvoi immédiat du collège... Ils refuseraient de me garder.

– Et il n'y a personne chez toi ?

– Personne.

– Et on ne peut pas prévenir tes parents ?

– Non.

– Et tu n'as pas la clef de chez toi ?

– Non.

– Je vais m'occuper du petit vieux, a dit la Danoise.

Elle a posé sa main sur mon épaule. Nous avons pris congé des autres et nous sommes sortis de Chez Malafosse. Sa voiture était garée un peu plus loin sur le quai, après l'école des Beaux-Arts : une 203 Peugeot couleur bleu marine, aux banquettes en cuir rouge. Je la connaissais bien, cette voiture. Je l'avais vue plusieurs fois, dans le quartier, devant l'hôtel de la Louisiane et le Montana.

J'étais assis à côté d'elle sur la banquette. Elle a démarré brusquement.

– Il faut bien que quelqu'un s'occupe de toi, a-t-elle dit d'un air placide.

116

Nous avons suivi les quais et traversé la Seine, par le pont de la Concorde. Sur la Rive droite, je me sentais mieux, comme si la Seine était une frontière qui me protégeait d'un arrière-pays hostile. Nous étions loin du Café de la Rotonde, de la Croix-de-Berny et du collège... Mais je ne pouvais pas m'empêcher de considérer l'avenir avec inquiétude, car il me semblait avoir commis quelque chose d'irréparable.

– Vous croyez que c'est grave ? lui ai-je demandé.

– Qu'est-ce qui est grave ?

Elle s'est tournée vers moi.

– Mais non, mon petit vieux... Ça s'arrangera...

Son accent danois me rassurait. Nous suivions le Cours-la-Reine, et je me disais que je pouvais au moins compter sur elle.

– Ils vont avertir la police...

– Tu as peur de la police ?

Elle me souriait et ses yeux bleu pervenche se posaient sur moi.

– Sois tranquille, mon petit vieux...

Le bruissement doux et rauque de sa voix dissipait mon inquiétude. Nous étions arrivés place de l'Alma et nous longions l'avenue qui monte jusqu'au Trocadéro. C'était le chemin que suivait l'autobus 63 quand nous le prenions, mon frère et moi, pour aller au Bois de Boulogne. Les jours de beau temps, nous restions sur la plate-forme.

Elle ne s'est pas engagée à droite, dans l'avenue ombragée d'arbres que suivait le 63. Elle a arrêté la voiture devant les grands immeubles modernes, au début de l'avenue Paul-Doumer.

– J'habite ici.

Au rez-de-chaussée, nous avons pris un long couloir, qu'éclairaient des néons. Une silhouette en imperméable attendait devant sa porte. Un grand homme brun avec une moustache fine. Une cigarette lui pendait au coin des lèvres. Lui aussi, je l'avais déjà croisé dans les rues de Saint-Germain-des-Prés.

– Je n'avais pas la clef, a-t-il dit.

Il me souriait, l'air un peu surpris.

– C'est un copain à moi, a-t-elle dit en me désignant.

– Enchanté.

Il me serrait la main. Elle m'a dit :

– Tu vas faire une promenade, mon petit vieux... Reviens dans une heure... Ce soir, je t'invite au restaurant et après on ira au cinéma...

Elle a ouvert la porte. Ils sont entrés tous les deux. Puis elle a passé la tête dans l'entrebâillement.

– N'oublie pas le numéro de la chambre quand tu reviens. Le 23...

Du doigt elle me désignait le chiffre 23, en métal doré, sur le bois clair.

– Reviens dans une heure... Ce soir, on ira se taper la cloche à Montmartre, au San Cristobal...

L'accent danois était encore plus doux, plus caressant à cause de ces mots d'argot désuets.

Elle a refermé la porte. Je suis resté un moment immobile dans le couloir. J'ai fait un effort sur moi-même pour ne pas frapper à la porte. Je suis sorti de l'immeuble en marchant d'un pas lent et régulier, car je sentais la panique me gagner. J'ai cru que je ne parviendrais jamais à traverser la place du Trocadéro. Je me suis raisonné pour ne pas aller dans le premier commissariat de police et leur avouer mon crime. Mais non, c'était idiot. Ils m'emmèneraient dans une vraie maison de correction ou ce qu'ils appelaient « un centre surveillé ». Est-ce que je pouvais vraiment avoir confiance dans la Danoise ? J'aurais dû rester sur le trottoir de l'avenue Paul-Doumer, pour voir si elle ne partait pas. Le brun en imperméable qui était entré chez elle pouvait la persuader de ne plus s'occuper de moi. Chambre 23. Il ne fallait pas que j'oublie le numéro. Encore trois quarts d'heure à passer. Et même si elle n'était plus là,

119

je l'attendrais devant la porte de l'immeuble, sans me faire remarquer, jusqu'à son retour.

J'essayais de me rassurer en remuant toutes ces pensées dans ma tête. De l'autre côté de la place, l'arrêt du 63. Est-ce que j'avais le temps d'aller jusqu'au Bois de Boulogne et de revenir ? Il me restait 10 francs. Mais je craignais de me retrouver tout seul dans cet autobus, et tout seul sur la pelouse de la Muette et au bord du lac, ces endroits où j'allais encore, il y a quelques années, avec mon frère. J'ai préféré m'engager sur l'esplanade d'où l'on domine Paris. Et j'ai descendu les allées en pente du jardin que baignait un soleil d'hiver. Il n'y avait personne. Je me sentais mieux. Au-dessus de moi les immenses fenêtres et la corniche du palais. J'avais l'impression que les salles et les galeries, à l'intérieur, étaient aussi désertes que les jardins. J'ai voulu m'asseoir sur un banc. Au bout d'un instant, cette immobilité a provoqué chez moi, de nouveau, un début de panique. Alors, je me suis levé et j'ai continué à marcher le long des allées, vers la Seine.

J'étais arrivé devant l'Aquarium. J'ai pris un ticket d'entrée. C'était comme si je pénétrais dans une station de métro. Au bas des escaliers, il faisait noir, mais cela me rassurait. Dans la salle où je débouchai, seuls les aquariums étaient éclairés. Peu à peu, au fond de cette pénombre, je retrouvai le calme. Rien n'avait plus aucune importance. J'étais loin de tout, de mes parents, du collège, du vacarme de la vie dont le seul bon souvenir était cette voix douce et bruissante à l'accent danois... Je m'approchai des aquariums. Les poissons avaient des teintes aussi vives que celles des autos tamponneuses de mon enfance : rose, bleu turquoise, vert émeraude... Ils ne faisaient pas de bruit. Ils glissaient le long des parois de verre. Ils ouvraient la bouche sans émettre aucun son, mais de temps en temps des bulles montaient à la surface de l'eau. Ils ne me demanderaient jamais de comptes.

Là, sur le trottoir de l'avenue Henri-Martin, je me suis dit que les dimanches soir d'hiver sont aussi tristes dans les quartiers de l'Ouest que du côté des Ursulines et sur la place glacée du Panthéon.

J'ai senti une pression au creux de la poitrine, une fleur dont les pétales s'agrandissaient et me faisaient suffoquer. J'étais cloué au sol. Par bonheur, la présence de mes filles me rattachait au présent. Sinon tous les anciens dimanches soir, avec leur rentrée au pensionnat, la traversée du Bois de Boulogne, les manèges disparus de Neuilly, les veilleuses du dortoir, ces dimanches-là m'auraient submergé de leur odeur de feuilles mortes. Quelques fenêtres éclairées aux façades des immeubles étaient elles-mêmes des veilleuses qu'on aurait laissées

allumées depuis trente ans, dans des appartements vides.

Le souvenir de Jacqueline a surgi des flaques
de pluie et des lumières qui brillaient pour rien
aux fenêtres des immeubles. J'ignore si elle est
encore vivante quelque part. La dernière fois que
je l'ai vue, c'était il y a vingt-quatre ans, dans le
hall de la gare de l'Ouest, à Vienne. Je m'apprêtais
à quitter cette ville pour retourner à Paris, mais
elle voulait y rester. Elle a dû encore habiter
quelque temps la chambre de la Taubstummgasse
derrière l'église Saint-Charles, et puis je suppose
qu'elle aussi à son tour est partie pour de nouvelles
aventures.

Je me demande où sont aujourd'hui certaines
personnes que j'ai connues à la même époque.
J'essaie d'imaginer quelle pourrait bien être la
ville où j'aurais une chance de les rencontrer. Je
suis sûr qu'elles ont quitté Paris définitivement.
Et je pense à Rome où l'on finit par échouer et
où le temps s'est arrêté comme l'horloge des
jardins du Carrousel de mon enfance.

Cet été-là, nous nous trouvions depuis plusieurs
mois dans une autre ville étrangère, à Vienne, et
nous avions même l'intention de rester là-bas
pour toujours. Une nuit, aux alentours du Graben,
nous étions entrés dans un café dont la porte

était celle d'un immeuble. Le vestibule donnait accès à une grande salle au parquet grisâtre qui avait l'aspect d'un cours de danse ou du hall désaffecté d'un hôtel, ou même d'un buffet de gare. La lumière tombait de tubes de néon, fixés aux murs.

J'avais découvert cet endroit au hasard d'une promenade. Nous nous sommes assis à l'une des tables disposées en rangs, et qu'un large espace séparait les unes des autres. Il n'y avait que trois ou quatre clients qui parlaient entre eux à voix basse.

Bien sûr, c'est moi qui ai entraîné ce soir-là Jacqueline au Café Rabe. Mais cette fille, qui avait exactement mon âge, attirait les fantômes. A Paris, le dimanche soir où je l'avais remarquée pour la première fois, elle était en si curieuse compagnie... Et maintenant, au Café Rabe, quelle rencontre provoquerait-elle ?

Un homme est entré. Il portait une veste de tweed. Il s'est dirigé en boitant très fort vers le comptoir au fond de la salle, s'est servi lui-même d'une carafe d'eau et d'un verre. De sa démarche cassée, il est venu s'asseoir à la table voisine de la nôtre.

Je me suis demandé si ce n'était pas le propriétaire du café. Il a surpris quelques mots de notre conversation, car il s'est tourné vers nous :

– Vous êtes français ?

Il avait un très léger accent. Il souriait. Il s'est présenté :

– Rudy Hiden...

J'avais déjà entendu ce nom sans savoir à qui il appartenait. Le visage aux traits réguliers aurait pu être celui d'un acteur de cinéma. Sur le moment, son prénom, Rudy, m'avait frappé. C'était le prénom de mon frère. Et il évoquait des images romantiques : Mayerling, les funérailles de Valentino, un empereur d'Autriche qui souffrait de mélancolie en des temps lointains.

Avec Rudy Hiden nous avons échangé des propos courtois, comme des voyageurs qui ne se connaissent pas et sont assis à la même table d'un wagon-restaurant. Il nous a dit qu'il avait vécu à Paris, qu'il n'y était pas retourné depuis longtemps et qu'il regrettait beaucoup cette ville. Il nous a salués d'un mouvement cérémonieux de la tête quand nous avons quitté le Café Rabe.

Plus tard, j'ai appris qu'il avait été le plus grand gardien de but de l'histoire du football. J'ai essayé de retrouver des photos de lui et de tous ses amis autrichiens aux noms mélodieux qui faisaient partie du Wunderteam de Vienne

125

et qui avaient ébloui de leur grâce le public des stades. Rudy Hiden avait dû abandonner le football. Il avait tenu une boîte de nuit, à Paris, rue Magellan. Puis un bar, rue de la Michodière. Il s'était brisé la jambe. Il était revenu à Vienne, sa ville natale, où il menait une vie de clochard.

Je le revois sous la lumière de néon du Café Rabe qui s'avance vers nous de sa démarche cassée. Est-ce un hasard si je tombe sur une phrase d'une lettre de Scott Fitzgerald qui me fait penser à lui : « Je suis convaincu que tous les boxeurs professionnels, les acteurs, les écrivains qui vivent de leurs talents devraient, pendant leurs années les plus fécondes, se mettre entre les mains d'un manager. L'élément éphémère de ce talent paraît si " différent " de nous, quelque chose qui nous est étranger et qui se dissimule dans un pli si secret de notre être, qu'il faudrait, semble-t-il, en confier la garde à un conservateur plus sûr que le pauvre homme qu'elle habite et qui doit, en définitive, payer la note. »

Et se retrouver au Café Rabe.

J'avais connu Jacqueline un dimanche soir, à Paris, dans le XVIe. Drôle d'arrondissement. Claude Bernard, par exemple, dont je serais curieux de consulter le casier judiciaire pour en savoir plus long sur l'homme que j'ai rencontré à dix-neuf ans, dînait souvent dans les restaurants de ce quartier de l'Ouest. Les membres de la bande de la rue Lauriston aussi. Pagnon habitait dans un meublé de luxe au 48 *bis* de la rue des Belles-Feuilles. Il fréquentait les manèges de Neuilly et même le terrain du Cercle de l'Étrier, au Bois de Boulogne, qu'il avait fait réquisitionner un après-midi par « Henri » pour que sa maîtresse puisse monter à cheval toute seule, sans être gênée par personne...

J'ai beau fouiller dans ma mémoire à la recherche de souvenirs concernant le XVIe, je n'y retrouve que des appartements vides, comme si on venait d'y effectuer une saisie : ainsi, le salon de Simone Cordier.

Ce dimanche soir-là, il pleuvait. C'était en octobre ou en novembre. Claude Bernard m'avait donné rendez-vous pour dîner dans un restaurant de la rue de la Tour. La veille, je lui avais vendu les œuvres complètes de Balzac – édition Veuve Houssiaux. Je suis arrivé le premier. Pas d'autre client que moi. J'ai attendu dans une petite salle aux boiseries claires. Des photos de jockeys et de maîtres de manège dont la plupart étaient dédicacées, ornaient les murs.

Trois personnes ont fait une entrée bruyante : un homme blond d'une cinquantaine d'années, grand, fort, qui portait une veste de chasse et un foulard ; un brun beaucoup plus jeune et plus petit que lui, et une fille de mon âge, les cheveux châtains et les yeux clairs, enveloppée dans un manteau de fourrure. Le patron du restaurant s'est dirigé vers eux, le sourire aux lèvres.

– Quoi de neuf ?

Le petit brun l'a toisé d'un air triomphant.

– Vierzon-Paris en une heure un quart... Il n'y avait personne sur la route... cent cinquante kilomètres à l'heure de moyenne... Je leur ai foutu une frousse bleue...

Il désignait la fille et l'homme blond en veste de chasse. Celui-ci haussa les épaules.

– Il se prend pour un pilote de course. Il oublie qu'à vingt ans je courais avec Wimille et Sommer...

Les trois hommes s'esclaffèrent. La fille, elle, avait l'air de bouder. Le patron leur choisit une table vis-à-vis de la mienne. Ils n'avaient pas remarqué ma présence. Le brun me tournait le dos. L'autre était assis à côté de la fille, sur la banquette. Celle-ci n'avait pas ôté son manteau de fourrure. Le téléphone sonna. L'appareil était sur le bar, à ma droite.

– C'est pour vous, monsieur...

Le patron me tendait le combiné. Je me levai. Leurs regards, à tous les trois, se posèrent sur moi. Le brun s'était même retourné. Claude Bernard s'excusait de ne pas pouvoir venir me rejoindre. Il était « bloqué – me disait-il – dans sa maison de l'île des Loups à cause d'une visite imprévue ». Il me demandait si j'avais assez d'argent pour payer la note de mon dîner. Par chance, j'avais gardé dans la poche intérieure de ma veste les 3 000 francs de la vente des Balzac. Quand je raccrochai, mon regard rencontra celui de la fille. Je n'osais pas quitter le restaurant sans dîner, car il aurait fallu que je demande mon manteau

129

qu'un garçon avait rangé dans un vestiaire, tout au fond.

Je suis revenu à plusieurs reprises dans cet endroit. J'étais en compagnie de Claude Bernard. Ou bien seul. Claude Bernard s'étonnait de mon assiduité à fréquenter la rue de la Tour. Je voulais en savoir plus long sur cette fille qui ne quittait pas son manteau de fourrure et qui avait toujours l'air boudeur.

Chaque dimanche, ils faisaient leur entrée, vers neuf heures et demie du soir. Ils étaient quatre ou cinq, parfois plus. Ils parlaient bruyamment, et le patron les traitait avec une amabilité respectueuse. La fille était assise à leur table, très droite, et toujours à côté du blond en veste de chasse. Elle ne disait pas un mot. Elle semblait absente. Son manteau de fourrure contrastait avec la jeunesse de son visage.

« Vierzon-Paris en une heure un quart... Il n'y avait personne sur la route... » L'écho de ces paroles, que j'avais entendu prononcer le premier dimanche, est aujourd'hui si lointain que je dois tendre l'oreille. Les années le recouvrent d'un grésillement de parasites... Vierzon... Ils revenaient de Sologne où le blond en veste de chasse possédait un château et des terres. Il portait un titre de marquis. Plus tard, j'ai su que son nom évoquait les pages aux tailles de guêpe de la cour des Valois et la fée Morgane dont sa famille prétendait descendre.

Mais je n'avais devant moi qu'un homme au visage lourd et à la voix grasse. J'éprouvais le malaise qui m'a pris quelques années plus tard à écouter une conversation entre des commissionnaires et des transporteurs en viande dans une auberge des environs de Paris : ils parlaient de braconniers qui les fournissaient en cerfs et en chevreuils, d'abattage clandestin et de livraisons nocturnes à des boucheries chevalines, et les lieux où ils opéraient étaient ceux dont les noms si gracieux sont chantés par Nerval : Crépy-en-Valois, Mortefontaine, Loisy, La Chapelle-en-Serval...

Ils revenaient donc de Sologne. Le marquis était l'un des maîtres d'équipage d'un rallye de chasse à courre qui « découplait » – j'avais surpris ce terme dans leur bouche – en forêt de Vierzon. Ce rallye s'appelait « Sologne-Étang de Menehou ». Et moi, j'imaginais cet étang au bout d'une allée forestière, à l'heure du soleil couchant. Au lointain, une fanfare de cors de chasse me remuait le cœur. Je ne pouvais détacher le regard de l'eau dormante aux reflets roux, des feuilles de nénuphars, des joncs. Peu

131

à peu, la surface de l'eau devenait noire, et je voyais cette fille, dans son enfance, au bord de l'étang de Menehou...

Après quelques dimanches, le patron du restaurant commençait à me connaître. J'avais profité d'un moment où les autres n'étaient pas encore arrivés pour dîner et je lui avais demandé qui était au juste la jeune fille en manteau de fourrure, par rapport au marquis qu'elle semblait toujours accompagner et qui s'asseyait chaque fois à côté d'elle : « Une parente pauvre », m'avait-il dit en haussant les épaules.

Une parente pauvre, issue, certainement, comme le marquis, d'une maison de très ancienne noblesse dont les origines se perdaient dans la nuit des temps et au cœur des forêts d'Île-de-France et de Sologne... J'étais sûr qu'elle avait passé son enfance au pensionnat, chez les dames ursulines de Bourges. Elle était l'unique descendante de l'une de ces familles éteintes en ligne masculine et que l'on appelait « poulaines d'outre-mer », car elles demeurèrent plusieurs siècles après les croisades à Constantinople, en Grèce ou en Sicile. Beaucoup plus tard, l'un de ses ancêtres était revenu en Sologne, leur terre d'origine, pour retrouver un château en ruine au bord de l'étang de Menehou, et des tilleuls, à l'ombre desquels, en été, tournoyaient lentement de grands papillons.

Un dimanche soir, elle était encore plus boudeuse que d'habitude, dans son manteau de fourrure. J'observais de ma table les tentatives du marquis pour la dérider : il lui caressa le menton de l'index, mais elle tourna la tête d'un mouvement sec, comme si elle avait été surprise par le contact de quelque chose de visqueux. Je partageais son dégoût : les mains du marquis étaient épaisses, rouges, des mains d'étrangleur qui me rappelaient le titre d'un documentaire, *Le Sang des bêtes*. A quoi s'ajoute aujourd'hui le souvenir de cette conversation surprise entre mandataires et convoyeurs de viande qui sillonnaient le pays de Nerval. Comment ce gros blond en veste de chasse osait-il souiller de sa main ce visage si délicat ? Claude Bernard, qui s'était aperçu un dimanche de l'intérêt que j'éprouvais pour cette fille, m'avait dit gentiment : « Elle ressemble à Joan Fontaine, mon actrice préférée... »

Ce compliment ne m'avait paru qu'à moitié juste. Joan Fontaine était anglaise, alors que cette fille représentait pour moi la Française idéale, telle que je la rêvais à cette époque.

Ce soir-là, je remarquai à leur table une assemblée plus nombreuse que les autres dimanches. Je pourrais citer des noms : un certain Jean Terrail, que Claude Bernard avait reconnu parmi eux la semaine précédente, un brun dont il m'apprit qu'il dirigeait un hôtel, rue François-Ier. Or, parmi les renseignements que j'avais réunis sur Pagnon, figurait cette indication : « En 1943, a personnellement escroqué 300 000 francs en marks allemands qui lui avaient été confiés par un sieur Jean Terrail aux fins de vente. » Le monde auquel appartenaient ces gens réveillait des souvenirs d'enfance : c'était le monde de mon père. Marquis et chevaliers d'industrie. Gentilshommes de fortune. Gibier de correctionnelle. L'Ange le Maquignon. Je les tire une dernière fois du néant avant qu'ils y retournent définitivement.

Aujourd'hui, ces dîners du dimanche soir me semblent aussi éloignés dans le temps que s'il s'était écoulé un siècle. Tous les convives sont morts. Ils n'ont d'intérêt pour moi que parce qu'ils formaient autour de Jacqueline un écrin de velours pourri... Vierzon-Paris en une heure un quart... Il n'y avait personne sur la route... La porte du restaurant s'ouvre sur elle et du dehors pénètre une odeur de terre mouillée et de tilleul.

Au milieu du dîner, elle s'était levée brusquement. Le marquis avait tenté de la retenir en la prenant par l'épaule. Mais elle avait quitté leur table et, d'une démarche indolente, elle était sortie du restaurant. Le marquis n'avait pas bronché. Il avait feint l'indifférence et s'était efforcé de participer à la conversation générale.

Moi, je n'avais pas encore commencé de dîner. Je me suis levé à mon tour. Une impulsion me poussait dehors. Cela faisait des semaines que je l'épiais, et je n'avais jamais rencontré son regard.

Elle était à une dizaine de mètres devant moi, sur le trottoir. Elle marchait de son pas indolent. Je l'ai rattrapée très vite. Elle s'est retournée. Je restai interdit. J'ai réussi à bredouiller :

– Vous avez... abandonné vos amis ?

– Oui. Pourquoi vous me demandez ça ?

Elle a levé le col de son manteau de fourrure et elle l'a serré contre son cou. Ses yeux ironiques étaient fixés sur moi.

– Je crois que je connais de vue l'un de vos amis...

Elle reprenait sa marche et je la suivais, avec la crainte qu'elle me lance une remarque désobligeante. Mais elle semblait trouver naturel que je reste à ses côtés. Nous nous sommes engagés dans l'impasse bordée d'immeubles que l'on appelle l'avenue Rodin.

– Alors vous connaissez l'un de mes amis ? Lequel ?

Il s'est mis à pleuvoir. Nous nous sommes abrités sous le porche du premier immeuble.

– Le monsieur blond, lui ai-je dit. Le marquis de quelque chose.

Elle m'a souri.

– Vous voulez parler du vieux con ?

Sa voix était douce, un peu brumeuse, et ces deux mots, elle les avait prononcés sans appuyer du tout sur les syllabes. Aussitôt j'ai compris que je m'étais trompé à son sujet et que mon imagination m'avait égaré. Cela valait mieux ainsi. Pour moi, désormais, elle était tout simplement Jacqueline de l'avenue Rodin.

Nous avons attendu que la pluie cesse et nous avons marché à pied jusque chez elle. Tout droit, le long de la rue de la Tour. Puis nous avons suivi le boulevard Delessert dans cette zone de Passy construite en étages qui descendent vers la

Seine. Un escalier à pic nous a menés dans une petite rue qui débouchait sur le quai. L'ascenseur était en panne. Deux pièces en enfilade. Dans l'une d'elles, un grand lit à la tête de satin blanc capitonné.

— Le vieux con va venir. Ça ne vous dérange pas si nous éteignons la lumière ?

Toujours cette voix douce et posée, comme si la chose allait de soi. Nous étions assis côte à côte sur le canapé, dans la demi-pénombre. Elle n'avait pas quitté son manteau de fourrure. Elle a rapproché son visage du mien.

— Et vous, qu'est-ce que vous faisiez, tous les dimanches soir dans ce restaurant ?

Elle m'avait pris de court. Ses lèvres ébauchaient un sourire moqueur. Elle a appuyé la tête contre mon épaule et elle a allongé les jambes sur le canapé. Je sentais l'odeur de ses cheveux. Je n'osais pas bouger. J'ai entendu le moteur d'une voiture, en bas.

— Ça doit être le vieux con, m'a-t-elle chuchoté.

Elle s'est levée et elle a regardé par la fenêtre. Le moteur s'est éteint. A mon tour, j'ai regardé. Il pleuvait très fort. Une grosse voiture noire et anglaise était arrêtée le long du trottoir. Le marquis se tenait immobile devant l'immeuble.

Il ne portait ni manteau ni imperméable. Elle a quitté la fenêtre et elle est venue s'asseoir sur le canapé.

– Qu'est-ce qu'il fait ? m'a-t-elle demandé.

– Rien. Il reste sous la pluie.

Mais, au bout d'un moment, il s'est dirigé vers la porte de l'immeuble. J'entendais son pas lourd dans l'escalier. Il a sonné deux coups brefs. Puis un autre, très long. Puis des coups brefs. Elle ne bougeait pas du canapé. Il a fini par frapper contre la porte. On aurait dit qu'il essayait de la défoncer. Le silence est revenu. Son pas lourd décroissait dans l'escalier

Je n'avais pas quitté la fenêtre. Sous la pluie battante, il a traversé la rue et il est venu s'appuyer contre le mur de soutènement de l'escalier que nous avions descendu tout à l'heure. Et il restait là, debout, le dos appuyé contre le mur, la tête levée en direction de la façade de l'immeuble. L'eau de pluie s'écoulait sur lui, du haut des escaliers, et sa veste était trempée. Mais il ne bougeait pas d'un millimètre. Il s'est alors produit un phénomène auquel j'essaie aujourd'hui de trouver une explication : le lampadaire qui éclairait, de haut, l'escalier s'est-il éteint brusquement ? Peu à peu, cet homme se fondait dans le mur. Ou bien la pluie, à force de tomber sur lui, l'effaçait comme l'eau dilue une peinture qui n'a pas eu le temps de se fixer. J'avais beau appuyer mon front contre la vitre et scruter le mur gris sombre, il n'y avait plus trace de lui. Il avait disparu de cette manière subite que je remarquerai plus tard chez d'autres personnes, comme mon père, et qui vous laisse perplexe au point qu'il ne vous reste plus qu'à chercher des preuves et des indices pour vous persuader à vous-même que ces gens ont vraiment existé.

Le printemps est précoce, cette année. Il a fait très chaud ces 18 et 19 mars 1990. Du jour au lendemain, les bourgeons sont devenus des feuilles aux marronniers du Luxembourg. Devant l'entrée du jardin, rue Guynemer, s'arrêtent des cars multicolores d'où descendent des touristes japonais. En rangs, ils suivent une allée jusqu'à la statue de la Liberté qui se dresse au bord d'une pelouse et qui est la réplique en miniature de celle de New York.

Tout à l'heure, j'étais assis sur un banc, à proximité de cette statue. Un homme aux cheveux argentés et vêtu d'un costume bleu ciel marchait en tête d'un groupe de Japonais et, devant la statue, leur donnait, avec des gestes du bras, quelques explications dans un anglais approximatif. Je me suis mêlé au groupe. Je ne quittais

pas cet homme du regard, j'étais attentif au timbre
de sa voix. Il m'a semblé reconnaître en lui le
faux Pacheco de l'époque de la Cité universitaire.
Il portait un sac de la compagnie d'aviation TWA
en bandoulière. Il avait vieilli. Était-ce vraiment
lui ? Le même teint bronzé, comme à son retour
de Casablanca, et les mêmes yeux vides à force
d'être bleus.

Je me suis rapproché de lui et j'ai eu la
tentation de lui taper sur l'épaule et d'interrompre
son discours. Et de lui dire en lui tendant la
main : « Monsieur Lombard, je présume ? »

Les Japonais ont pris quelques photos de la
statue, et leur groupe a fait demi-tour par l'allée
qui mène à la grille de la rue Guynemer.
L'homme à la chevelure argentée et au complet
bleu ciel ouvrait la marche. Ils sont montés dans
le car qui attendait le long du trottoir. L'homme
comptait les Japonais à mesure qu'ils passaient
devant lui.

Il est monté à son tour et il s'est assis à côté
du chauffeur. Il tenait un micro à la main. Le
jardin du Luxembourg n'était qu'une étape et ils
allaient visiter tout Paris. J'ai eu envie de les
suivre par cette matinée radieuse qui annonçait
le printemps et de n'être plus qu'un simple
touriste. Sans doute aurais-je retrouvé une ville

que j'avais perdue et, à travers ses avenues, la sensation de légèreté et d'insouciance que j'éprouvais autrefois.

A vingt ans, j'étais parti pour Vienne avec Jacqueline de l'avenue Rodin. Je me suis souvenu des jours qui avaient précédé ce départ et d'un après-midi porte d'Italie. J'avais visité un petit chenil, au bout de l'avenue d'Italie. Dans l'une des cages, un terrier m'observait de ses yeux noirs, la tête légèrement inclinée, les oreilles dressées, comme s'il voulait engager une conversation et ne pas perdre un seul mot de ce que je lui dirais. Ou bien, tout simplement, attendait-il que je le délivre de sa prison : ce que j'ai fait après quelques minutes d'hésitation. Pourquoi ne pas emmener ce chien à Vienne ?

Je me suis assis avec lui à une terrasse de café. C'était en juin. On n'avait pas encore creusé la tranchée du périphérique qui vous donne une sensation d'encerclement. Les portes de Paris, en ce temps-là, étaient toutes en lignes de fuite, la ville peu à peu desserrait son étreinte pour se perdre dans les terrains vagues. Et l'on pouvait croire encore que l'aventure était au coin de la rue.

CET OUVRAGE A ÉTÉ TRANSCODÉ ET ACHEVÉ D'IMPRIMER
SUR ROTO-PAGE PAR L'IMPRIMERIE FLOCH À MAYENNE
DÉPÔT LÉGAL : AVRIL 1991. Nº 12450-4 (30711)